JN441496

영상
노트

FANTASY STORY

고랭지 판타지 장편소설

디펜스 게임의 군주가 되었다

디펜스 게임의 군주가 되었다 제5권

초판 1쇄 인쇄일 | 2025년 08월 27일
초판 1쇄 발행일 | 2025년 09월 03일

지은이 | 고랭지
발행인 | 조승진

편집기획팀 | 이기일, 김정환
출판제작팀 | 홍성희

펴낸곳 | 데이즈엔터(주)
주소 | (07551) 서울, 강서구 양천로 570, NH서울축산농협 NH서울타워 19층(등촌동)
전화 | 02-2013-5665(代) | **FAX** 032-3479-9872
등록번호 | 제 2023-000050호
홈페이지 | www.daysenter.com
E-mail | alldays1@daysenter.com

ISBN 979-11-427-2178-6
ISBN 979-11-7309-574-0 (세트)

※잘못된 책은 본사나 구입처에서 교환하여 드립니다.
※저자와의 합의하에 인지를 붙이지 않습니다.

영상노트
디펜스 게임의 군주가 되었다 5
FANTASY STORY
고랭지 판타지 장편소설

※ 본 작품은 픽션입니다.
본 작품에 등장하는 인물, 단체, 지명, 국명, 사건 등은 실존과는 일절 관계가 없습니다.

디펜스 게임의 군주가 되었다

제1장
A급 인재

며칠 동안 아론은 바르다힌 영지를 개편하고 내부를 추스르는데 총력을 기울였다.

표면적으로 드러난 재산도 상당한 수준이었고, 식량 역시 그럭저럭 비축되어 있었다.

추수기까지 버틸 수는 없겠지만, 아끼면 석 달은 사용할 수 있을 양이었다.

'여기서 배급을 줄였다간 난리가 나지. 그래도 두 달은 버틸 수 있을 거야.'

경제가 무너진 것은 바르다힌 영지도 마찬가지였다.

화폐와 물물 교환 체제가 무너지면 행정망도 함께 무너지게 돼 있다.

이건 전 세계에서 나타나고 있는 문제였으니, 특별한 일도 아닌 것이다.

'그걸 백성들이 알아줄지는 또 다른 차원의 문제지.'

행정망이 무너지면 백성은 군주를 신뢰할 수 없다.

반란을 진압하다가 시간이 다 갈 수 있었기에 신앙이라는 가치를 도입해 반발을 찍어 누르는 것이다.

아론은 재산 집계가 끝나자 연례행사인 소모품 뽑기에 들어갔다.

신성한 오라로 분위기를 잡고 천사 펫과 함께 퍼포먼스를 한다.

광장에 어마어마한 숫자의 소모품 상자들이 생성되자 불만을 품고 있던 백성들의 숫자가 상당히 줄었다.

병사들과 기사들도 마찬가지였다.

과연 퍼포먼스는 성공적이었다.

소모품 뽑기 중에 아론도 상당한 이익을 취했다.

[신성 폭탄을 획득했습니다.]

[미스릴 주괴를 획득했습니다.]

[스탯 엘릭서를 획득했습니다.]

'엘릭서?'

신성 폭탄과 미스릴 주괴는 전에도 획득한 적이 있었기에 큰 감흥은 없었다.

하지만 엘릭서는 다르다.

엘릭서는 크게 스킬과 스탯으로 구분할 수 있었다.

스킬을 올려 주는 엘릭서의 가치가 더 크지만 스탯 엘릭서도 나쁘지 않다.

공짜로 얻은 엘릭서는 민첩에 투자해 준다.

스탯: 체력(10+3) 정신(5+2) 힘(14+7) 민첩(6+2) 지혜(3+2) 신성력(1+4)

지금의 상황에서는 힘에 투자하는 것이 가장 효율이 높지만, 다음 챕터를 생각하면 민첩에도 신경을 써 주어야 한다.

퍼포먼스를 마치자 백성들의 눈빛이 한층 더 깊어졌다.

아론은 레오나 영애도 정치에 적극적으로 이용했다.

그녀를 공식적인 행사마다 끌고 다녔던 것이다.

영지의 구심점이 완전히 복종했음을 과시하는 행사였다.

그때마다 이런저런 말들이 들렸다.

“영애가 자발적으로 충성을 맹세했을까?”

“레오나 아가씨 성격을 몰라서 그래? 내키지 않았다면 자결하실 분이야. 타협은 없지.”

“하긴, 절대 타협하실 분이 아니지.”

백성들은 바보가 아니다.

영주성에서 일어난 일은 여러 경로를 통해 당연히 소문이 나게 되어 있었다.

그러니 레오나의 성격이 극단적이라는 사실 정도는 다들 알고 있었다.

그녀의 자발적인 충성이 아니라면 결코 일어날 수 없다는 뜻이다.

'2년 계약직이긴 해도 영지를 점령한 초반에 소요 사태를 억제하는 것만 해도 그녀가 할 일은 다한 거지.'

바르다힌 영지의 안정.

아론은 변경백령의 다른 지역을 포기하며 본령에 모든 백성을 모아 생활하게 했다.

이건 어쩔 수가 없는 일이다.

신성 보호막은 바르다힌 전역에 미치지 않았다.

일부가 국경을 넘어 침범한 것이었으므로 현재 가장 안전한 지역이 바로 본령이었다.

아론은 바르다힌 본령을 시(市)로 개편했다.

이후에는 성벽을 보강하며 신병을 훈련시켰다.

신성 보호막 안으로의 이주도 심각하게 고려했지만, 그 이후가 문제라 마음을 접었다.

백성이 전부 이주하면 바르다힌 시는 폐허가 될 것이다.

변경백령이 다 그렇듯 외적을 막는데 최적화되어 있었기

에, 이곳의 기반을 전부 포기한다는 선택지는 있을 수가 없다.

성벽은 높고 해자도 깊었으며, 소모품이 많이 적재되어 적을 막기에 용이했다.

5챕터가 끝나고 나면 여기까지 신성 보호막이 퍼질 것이었으므로 마물을 피하기보다는 막기를 택했다.

광장에서 퍼포먼스를 마친 아론은 에리아 경과 레오나를 데리고 지하수로로 향했다.

변경백의 비밀 창고를 털기 위해서다.

저벅. 저벅.

어두컴컴한 수로는 생각보다 관리가 잘 되어 있었다.

강에서 끌어온 물을 지하수로를 통해 성에 공급했고, 오물은 흘려보내지 않았다.

이 정도 상태라면 평소에도 청소를 자주했다는 뜻이니, 바르다힌 전 변경백이 생각보다 뛰어난 인물이었던 것 같았다.

벽돌로 가지런하게 쌓여 있는 터널.

내부는 미로처럼 복잡했다.

아이러니하게도 안내는 레오나가 맡았다.

"이쪽입니다."

"네가 없었다면 헤맸을 것이다."

"……."

아론의 칭찬에도 레오나는 별다른 감흥이 없는 표정이었다.

에리아의 얼굴이 굳으며 한마디 하려 했지만, 아론이 막았다.

원래 성격이 이 모양인데, 더 나아지라 강요할 순 없는 노릇 아닌가.

"그러고 보니."

선두에서 안내를 해 가던 레오나가 걸음을 뚝 멈추었다.

"할 말이라도 있나."

"랭파인 공작이 가만있지 않을 것 같은데, 대책은 있나요?"

"랭파인 공작이라."

랭파인은 제국 3대 공작 중 하나다.

제국 동부권을 지배하는 세력이며, 여전히 무너지지 않고 버텼다.

아론도 그에 대한 생각을 하지 않았던 건 아니다.

"쳐들어오면 그때 가서 격파하면 될 일이지, 지금은 그게 문제가 아니다."

"그렇다면……?"

"지옥의 군단이 더욱 문제지. 웨이브가 오기까지 보름 정도 남았군."

"……!"

에리아 경은 보름 후 웨이브가 온다는 사실을 알고 있었다.

그래서 놀라지 않았던 것인데, 레오나는 그걸 넘어 오히려 흥미롭다는 표정이었다.

"지옥의 군단이라면 지휘관이 누군가요?"

"데스 나이트. 지옥의 수문장으로 불리는 놈이다."

"호오."

"그에 대한 대비가 먼저다."

"재밌겠네요."

레오나의 반응은 그것으로 끝이었다.

두려움 따위는 없었다.

이런 때 보면 죽어도 상관없다는 부류가 제일 무섭긴 하다.

그녀는 아론이 데스 나이트를 어떻게 막아 낼 것인지 기대하는 눈치였다.

'특이한 여자야.'

지하수로에서 30분.

수로를 관리하고 있는 상태였기에 여기까지 오는 덴 문제가 없었지만, 오물이 떠다니는 끔찍한 상태였다면 버티기 힘들었을 것이다.

"여기예요."

"꼭꼭 숨겨 놓기도 했군."

"명색이 비밀 창고니까요."

전 변경백이 레오나도 종종 데리고 다녔던 것 같았다.

그렇지 않고서야 이렇게 길을 잘 알고 있을 리 없다.

드르륵.

벽면이 부드럽게 밀리며 90도로 돌아갔다.

입구는 여느 벽면과 다름없었다.

무심결에 지나치기 십상이라 그녀가 아니었다면 비밀 창고를 발견하기란 힘들었을 것이다.

애초에 변경백을 고문해 비밀 창고를 발견한 것도 처음이었으니까.

디펜스 워를 플레이할 때, 레오나가 한 번도 아론에게 비밀 창고에 대한 존재를 언급하지 않은 걸로 봐서는 알면서도 알리지 않았다는 뜻이 된다.

'B타입의 레오나에게는 변경백이 비밀 창고의 존재를 숨겼다는 뜻이지.'

비밀 창고 안에는 발광석이 설치되어 있었다.

3평 남짓으로, 넓지는 않은 공간.

예술에 대해 모르는 사람이 봐도 가치가 상당해 보이는 미술품이 즐비했다.

변경백 입장에서는 부피가 나가는 금괴나 금화보다 예술품의 가치가 더 높았으니 이렇게 쌓아 둔 것 같았다.

지금에 이르러 예술품은 쓰레기나 마찬가지였지만, 그렇다고 여기에 그림 쪼가리라면 걸려 있는 것이 아니었다.

아론은 이곳에서 생각지도 못했던 '득템'을 했다.

[프로즌 웨이브(Frozen Wave)를 획득했습니다.]

"나쁘지 않아."

비밀 창고에서 얻을 수 있는 최고의 아이템이었다.

"3서클 마법 같은데, 누가 익힐 수 있나요?"

"레나 오라클, 내 동생이 마법사다."

"친동생인가요?"

"맞다."

아론이 덤덤한 표정으로 마법서를 챙겼지만, 속으론 쾌재를 불렀다.

프로즌 웨이브.

얼음의 파도를 일으켜 광역 공격을 하는 마법이다.

블리자드의 하위 버전으로 공격력은 그다지 높지 않았지만.

'지옥의 군단과는 극상성이지.'

기뻐하는 이유는 따로 있었다.

이번에 침공할 놈들이 화속성이기 때문이었다.

지금까지의 챕터에서는 마물이 속성 자체로 피해를 주지

는 않았다.

하지만 이번에는 다르다.

몸이 불타고 있는 놈들이 달려들기에 아군이 지속적으로 화속성 피해를 입는다.

프로즌 웨이브는 그런 적에게 상당한 피해를 줄 것이다.

촤륵!

"후우."

아론은 하루를 마무리하며 오크통에 들어왔다.

그가 영주성을 점령하면서 시녀와 시종을 대량 해고했지만, 일부는 남겨 두었다.

이제 시청이 된 넓은 성을 관리할 인력이 필요했기 때문이다.

그가 바르다힌 전 변경백처럼 사치를 부릴 생각은 없었지만, 평소에 즐기던 목욕 정도는 괜찮지 않을까?

몸이 노곤해졌다.

아론은 몸을 쭉 뻗고 생각에 잠겼다.

"랭파인 공작."

지하수로에서 레오나가 했던 말이 조금 걸렸다.

바르다힌 변경백이 동부 사령관이라면, 랭파인 공작은 실질적으로 제국 동부를 지배하는 자였다.

한때, 동부 사령관과 맞먹을 정도로 많은 병력을 거느리고 있었기에, 놈이 전력을 다해 쳐들어온다면 아론이 큰 타격을 받게 된다.

'지금 공작을 신경 쓸 여력이 없다.'

일은 하나씩 처리해야 한다.

데스 나이트를 막는데 전력을 기울여도 부족한데, 랭파인 공작까지 신경 쓰며 전력을 분산시키면 큰코다칠 수 있었다.

디펜스 워는 그리 어설프게 설계되지 않았다.

조금이라도 방심하면 나락인 것이다.

랭파인 공작에 대한 건은 추후 처리하는 것이 옳다.

거기까지 생각을 정리한 아론은 다음 일정에 대해 생각했다.

'히든 스킬의 등장.'

일명 신비에 대한 일이다.

디펜스 워 곳곳에는 숨겨진 스킬이나 아이템이 꽤 많았다.

'신비' 라는 명칭이 붙어 있다면 높은 등급의 스킬을 획득할 수 있다는 뜻이다.

변경백을 심문하며 얻어 낸 정보를 토대로 반드시 취해야 한다.

어떤 스킬이 떨어질지 몰라도 다음 챕터를 클리어하는데 큰 도움이 줄 것은 분명했다.

"주군."

뒤쪽에서 담담한 목소리가 들렸다.

레오나였다.

어디로 튈지 모르는 아가씨답게 편하게 목욕을 하고 있는 와중에 쳐들어왔다.

시녀들이 시중을 들고 있었기에 별다른 소문은 퍼지지 않겠지만, 조심하는 편이 좋다.

"목욕하고 있는 것 안 보이나."

"랭파인 공작과 동맹을 추진하는 것은 어떤가 싶어 찾아왔습니다."

"……."

완전히 마이 웨이다.

여차하면 죽어도 된다고 생각하는 그녀였기에 행동하는데 거리낌이 전혀 없었다.

그렇다고 명령에 따르지 않는 것도 아니었으니, 이 이상 나무라는 것은 심력 낭비다.

어쨌든.

그녀가 낸 의견은 매우 파격적이었다.

"동맹?"

"랭파인 공작과 동맹을 맺는다면 그들의 세력도 깎을 수 있고, 웨이브가 끝날 때까지 침공의 우려를 덜 수 있어요. 이만한 전략이 있을까 싶은데."

"맞는 말이긴 한데."

아론은 랭파인 공작의 프로필을 떠올렸다.

공작은 매우 현실적인 인물이었다.

제국의 권위만 내세우는 인간들과 질적으로 달랐기에 자신이 피해를 입을 수도 있다는 사실을 알면서까지 아론을 도울 가능성은 없었다.

랭파인은 제국 일부를 점령한 외세와 동맹을 맺으면 공작령 내부에 문제가 발생할 수 있다는 사실을 잘 알 것이다.

이런저런 이유로 아론은 지금까지 단 한 번도 랭파인 공작과 동맹을 맺어 볼 생각은 하지 않았다.

"힘들지 않겠나."

"제가 직접 간다면 다를 수 있죠."

그녀의 말을 들은 아론의 내심은,

'이 아가씨가 역할극에 심취하기라도 했나?'

아론은 레오나 영애와 따로 자리를 마련했다.

그녀가 개진한 의견을 심층적으로 논의해 보기 위해서였다.

이 자리에는 에리아 경과 마이어 경도 함께했다.

"레오나, 방금 했던 이야기를 다시 해 보도록."

"예."

그녀가 입을 열었다.

핵심은 랭파인 공작과 일시적인 동맹을 추진하자는 것.

제국과 왕국 국경인 베야드 요새에 웨이브가 발생할 테니, 공작을 끌어들여 피해를 최소화해 보자는 것이다.

이야기가 끝나자 에리아 경은 힘들다고 판단했다.

"랭파인 공작과 일시적인 동맹을 맺는다면 그보다 좋을 순 없을 겁니다. 하지만 제국의 입장에서 보면 주군은 침략자죠. 득보다 실이 많다고 여길 겁니다."

"제 생각도 그렇습니다."

마이어 경이 에리아 경의 의견에 동의했다.

그건 아론도 마찬가지였다.

"침략자와 동맹을 맺는다니. 내가 알기로 랭파인 공작은 그리 멍청한 사람이 아니다. 제국 동부를 지배했던 권력자가 정치적인 리스크조차 모를까. 세상이 망해 가도 각 영지는 오히려 결속을 단단히 하고 있다. 공작이 가신들과 결속력을 망치는 결정을 할 거라 생각지는 않는다."

"랭파인 공작은 상황을 이해하고 있어요. 이제 국경은 아무런 의미가 없다는 걸. 그는 명예보다 실리를 추구하는 사람이죠. 힘을 합치면 피해를 반으로 줄일 수 있다는 생각은 할 겁니다. 겸사겸사 우리 측 전력을 파악할 수도 있다 생각할 테고."

레오나의 말은 너무나 희망적이었다.

인간의 전쟁보다는 마물을 함께 처리하자는데 공작이 동의하리라 여기는 모양이었는데, 아론이 보기에는 어려웠다.

다들 고민에 잠겨 있을 때, 그녀가 다시 입을 열었다.

"시도해 본다고 손해 보는 일은 없죠."

"가능성이 높지 않아도 시도해 본다?"

"실패해도 얻는 것이 많을 테니까요. 제가 직접 가서 그들의 전력을 대략적으로 파악하고 분위기를 살펴보죠."

아론이 에리아를 바라봤다.

어디까지나 레오나는 특수 정보부 소속이었다.

그러니 직속상관의 생각을 들어보는 것이 중요했다.

"개인적으로는 허가했으면 합니다."

"괜찮겠나?"

아론은 추상적으로 물었지만, 레오나가 랭파인 공작에게 넘어갈 가능성이 없냐는 뜻이었다.

에리아 경은 고개를 끄덕였다.

"문제없습니다. 레오나 요원의 말대로 언젠가 랭파인 공작은 적이 되겠죠. 그 전에 영지 내부를 파악해 정보를 추출하는 것도 중요한 일입니다. 저희 측 요원 둘을 붙일 것이니 '위험'에 대비할 수 있다고 봅니다."

최종 선택은 아론이 해야 한다.

'에리아 경의 말이 맞다. 굳이 레오나가 배신을 하면서

까지 랭파인 공작에게 넘어갈 것 같지는 않아. 그럴 생각이 있었다면 진즉에 도주해 몸을 의탁했겠지.'

레오나는 삶에 대한 의지가 별로 없는 여자다.

그러다 흥미가 있을 것 같은 일을 찾아 2년 동안 특수 정보부에 있겠다고 맹세했다.

그랬으니 맹세를 어길 것 같지는 않았다.

"알겠다. 실패하더라도 손해 보는 일은 없을 테니, 가서 내부를 염탐하도록. 랭파인 공작을 설득하는 것은 덤이라 생각하면 편하지."

"감사합니다."

"해산."

레오나는 경례를 붙인 후 곧바로 집무실을 나갔다.

그 뒷모습을 보며 마이어 경은 다소 위험하지 않겠냐고 말했다.

"정말 배신의 가능성은 없겠습니까?"

"내가 보기에 그녀는 삶의 의미를 찾고 있는 것 같다."

"삶의 의미라……. 그게 이번 작전과 관계가 있습니까?"

"레오나의 입장에서는 나름 흥미로운 일일 테니."

"죽을지도 모르는 일인데 저렇게 덤덤하다니, 강심장입니다."

아론은 마이어의 반응에 속으로 웃었다.

'강심장이 아니라 삶에 달관한 거지.'

다음 날 아침.

아론은 신비 던전을 찾아 나서기로 했다.

지금까지는 점령지를 안정시키느라 도저히 시간이 나지 않았지만, 이제야 조금의 여유가 생겼다.

그동안 바르다힌 시는 마이어 경이 맡기로 했다.

“하루나 이틀 정도 걸릴 거다.”

“괜찮으시겠습니까?”

“말도르 경과 칼슨 경이 함께하니 괜찮을 거다.”

“이곳은 걱정 마십시오.”

던전의 구조나 그곳에 존재하는 적이 무엇일지는 아무도 모른다.

디펜스 워를 플레이할 당시에도 발견되지 않았던 신비 던전이었기 때문이다.

아론이 던전에 간다는 말을 들었을 때, 마이어 경은 최소한 병력 300명 정도는 구성해 가는 것이 어떠냐고 물었다.

그건 바로 거절했다.

신비 던전은 솔플만 가능하다.

원래부터 그런 설정이었으므로 많은 인원을 동원한다고 해서 클리어하지 못할 곳을 클리어할 수 있는 건 아니다.

두 명의 기사와 기병 백을 동원한 것은 던전으로 향하는 길목에 나타날 몬스터나 마물을 처리하기 위함이었다.

마이어 경이 걱정을 하자, 말도르 경이 가슴을 쳤다.

"걱정 마십시오, 형님! 제가 주군을 지킬 겁니다."

"저도 있어요!"

"그래, 경들을 믿는다."

아론은 별일 아니라는 듯 손을 저었지만 심장이 뛰는 중이었다.

'첫 신비, 대체 무슨 스킬이 나올까?'

뭐가 튀어나올지는 알 수 없지만, 한 가지는 확신할 수 있었다.

지금까지 얻은 스킬과는 비교도 되지 않을 스킬이 튀어나올 것이라고.

그 정도가 아니면 '신비'라는 단어가 붙지 않는다.

아론이 모든 준비를 마치고 출발하려 할 때, 레오나와 특수 정보부 요원 둘이 쫓아왔다.

"레오나, 랭파인 공작령으로 출발하는 것이 아니었나?"

"가는 길에 안내해 드리려고요."

"안내를 해?"

"북쪽 늪지는 금역으로 독충이 우글거리죠. 마물이 문제가 아니에요. 자칫 길을 잘못 들거나 늪에 빠지면 죽을 수도 있거든요."

"늪지의 길을 알고 있나?"

"네."

"……."

레오나의 말에 의하면 그녀는 시간이 날 때마다 늪지를 방문했었다고 한다.

"기병이 아니라 보병으로 병력을 구성하는 것이 좋겠어요."

"……그러지."

기사들도 반대하지 않았다.

마물을 쳐 죽이는 것은 자신 있지만, 독충이나 늪 같은 환경은 경험이 별로 없었기 때문이다.

여기서는 레오나의 말에 따르는 편이 안전했다.

바르다힌 북부 늪지.

이곳의 정확한 명칭은 '죽음의 늪' 이다.

디펜스 워 스토리에서 큰 비중을 차지하지 않아 컴퓨터로 플레이를 할 때에는 크게 신경 쓰지 않던 장소다.

하지만 생각해 보면 아무 이유 없이 게임사에서 한 지역을 만들 리 없었다.

늪이라는 특성상, 유저들에게 인기가 없을 것이라는 사실을 알았음에도 넓은 지역을 제작해 둔 것은 '신비' 때문이었다.

신비가 붙어 있는 스킬은 기존의 상식을 뒤집어엎을 만큼 강력하다.

초반을 갓 벗어난 상황이었기에 밸런스를 파괴할 만큼의

스킬을 만들어 놓지는 않았겠지만, 5챕터를 클리어하는데 결정적인 역할을 할 것이 분명했다.

늪지 입구.

언덕에 올라온 아론은 한 번도 와 보지 못한 장소를 눈에 담았다.

"살벌하네요."

"무턱대고 들어갔다간 사람 잡겠어요."

말도르 경과 칼슨 경이 동시에 감탄을 토해 냈다.

검은 안개에 휩싸여 있는 늪 곳곳에는 독이 섞여 있었다.

부식된 나무와 흙은 동물의 사체를 썩게 만들어 고약한 냄새를 풍겼다.

곳곳에 널린 구덩이, 나무줄기로 얽혀 있는 미로는 미궁이 따로 없었다.

그중의 압권은.

"저 희끄무레한 것은 뭡니까?"

"고스트 계열 몬스터라고 추정하고 있어요."

"……!"

레오나의 말에 아론과 두 기사는 식은땀을 흘렸다.

'고스트 계열? 최소한 레벨 20이라는 뜻인데.'

게임 중반에 등장하는 몬스터다.

신성 마법으로 무장하지 않고는 잡을 수도 없으며, 물리적인 타격에 면역이 되어 있다.

결국 마법사와 신관이 동행해야 하며, 기사들의 검에 인챈트를 걸어야 싸울 수 있다.

지금 들이대면 필패라는 뜻이다.

'이거 접어야 하나?'

아론은 심각한 고민에 휩싸였다.

던전으로 가는 길조차 험난해 보였다.

막상 신비 던전에 들어가도 보스를 클리어하고 스킬을 얻어 낼 수 있을지도 알 수 없었다.

'그래도 신비다.'

편한 길을 고집하면 [DIE]를 보는 것이 디펜스 워의 일반적인 패턴이다.

던전에 뭐가 있을지 모른다는 이유만으로 포기하기에는 신비 스킬이 주는 가능성이 너무 매력적이었다.

"우리가 가야 하는 길은 가장 위험해 보이는 저 가운데 통로죠. 좌측에는 독충이, 우측에는 독안개가 펼쳐져 죽을 수도 있어요."

"……그걸 어찌 알았나?"

"가 봤으니까요."

"……."

아론은 그녀의 패기에 혀를 내둘렀다.

죽음에 대한 두려움을 전혀 느끼지 않는 이 괴물 같은 여자는 혼자 여기저기를 탐험하고 다녔다.

스릴을 즐겼던 건지, 죽음의 고비를 넘기며 삶의 의미를 찾으려 했던 것인지는 알 수 없다.

'레오나가 아니었다면 던전에 도달하기도 힘들었겠군.'

이번에는 정말 운이 좋았다.

그녀가 C타입 성격을 가지고 있지 않았다면 늪지에 대한 정보도 알 수 없었을 것이다.

아론의 휘하에 두는 것에 실패했어도 마찬가지다.

신비 스킬을 얻게 된다면 그녀의 공로가 50% 이상인 것이다.

"내려가지."

"제가 앞장설게요."

아론은 두 기사들에게 그녀를 호위하게 하였다.

괜히 앞서가다 죽으면 돌아오는 것도 힘들어지게 된다.

일행은 정확하게 레오나가 밟은 길로만 걸었다.

늪과 늪 사이의 폭이 좁아 잘못 밟으면 그대로 푹 빠지는 경우도 있었다.

발만 빠졌는데 중독되는 경우가 허다했다.

그때마다 말도르 카브란이 나서서 상태 이상을 해제했다.

덕분에 다들 초긴장 상태였다.

늪에서 개구리 형태의 마물인 프로그맨이 튀어나와 공격하기도 했으니, 피로가 빠르게 누적되고 있었다.

“끼에에엑!”

“쿠르륵. 쿠르르륵.”

사방에서 들리는 정체불명의 울음소리.

미궁처럼 이어지고 있는 길은 종종 썩어 버린 나뭇가지가 막고 있었다.

숲을 헤쳐 나가듯 검으로 가지를 베어 냈다.

온몸에 배어드는 축축함.

사방에 안개가 끼어 곧 비라도 한바탕 쏟아질 것 같았다.

이런 가운데에서도 레오나는 치명적인 적과 지형을 피해 이동했다.

몇 번이고 늪지를 방문해 길을 파악했다는 그녀는 이 세상 사람이 아닌 것처럼 느껴지기도 했다.

‘그녀가 지금까지 죽지 않은 것은 순전히 시스템의 영향 때문이겠지. 하지만 이제는 아니다. 레오나도 조심하지 않으면 사망할 거야.’

그녀를 보호해야만 하는 이유다.

“거의 다 왔어요.”

긴장과 피로감 때문에 지쳐 가고 있던 사람들이 레오나의 말에 반색했다.

“대단한 여자야. 여길 드나들었다고?”

“아무도 찾지 않는 금역을 밥 먹듯 오갔다는 뜻인데.”

레오나에 대한 평가가 급상승했다.

아론도 마찬가지였다.

'단순한 A급이 아니라 S급 인재였군.'

그들이 공터에 도착했을 때는 한 시간이 흐른 이후였다.

검은 안개가 스며들지 않는 완벽한 사각지대.

독충도, 몬스터도 없었다.

병사들이 쓰러지듯 주저앉아 휴식을 취했다.

"던전이 있다면 저기라고 추정돼요."

아론은 레오나의 손가락이 가리키고 있는 곳으로 시선을 돌렸다.

검은 기류에 휩싸여 위험하다는 경고를 풀풀 풍기고 있는 동굴이 보였다.

이 세상에 떨어져서 보는 첫 신비 던전이었다.

제2장
신비 던전

긴장이 풀린 사람들은 공터에 축 늘어졌다.
전원 휴식을 취하는 것은 아니다.
3교대로 돌아가며 혹시 모를 사태에 대비했다.
레오나는 그게 쓸데없는 일이라고 말했다.
"경험상, 여기까지는 독충이나 마물이 침범하지 않아요."
"어째서?"
"던전의 영향 아닐까요?"
그럴싸한 이론이었다.
신비 던전은 소름 끼치는 마기를 뿜어냈다.
마치 주변의 모든 것을 집어삼킬 듯한 모습이 아닌가.
괜히 들어갔다 뼈도 추리지 못하겠다는 공포는 늪지에

사는 토착 생물도 마찬가지였다.

"주군, 너무 위험해 보입니다."

"함께 가는 것이 어떻습니까?"

"저긴 혼자만 통과할 수 있다. 여신께서 예비하신 일이니 걱정할 필요도 없다."

"여신의 계시라면……. 납득했습니다."

아론은 열심히 약을 팔았지만, 정말로 클리어할 수 있을지는 자신할 수 없었다.

잘못하면 죽을 수도 있는 일이다.

어차피 죽으면 끝이었기에 여신의 인도라는 핑계를 댔다.

'첫 신비다. 이걸 포기하면 인생을 포기하겠다는 뜻이지.'

신비 던전의 존재를 몰랐으면 지나쳤겠지만, 알게 된 이상 가만둘 수는 없다.

신비 스킬을 획득할 기회가 오면 수십 번이라도 도전해 취하는 것이 맞았다.

원코인 하드코어 플레이를 하는 것이나 마찬가지였지만, 아론은 게임에서보다 발전했다.

천사 펫까지 얻은 마당에 도전하지 못할 것도 없다.

"레오나, 안내하느라 고생 많았다."

"주군에게 봉사하는 것이 가신의 역할이죠."

그녀는 눈 하나 깜빡하지 않고 말했다.

이제야 믿음이 간다.

레오나가 아론을 죽이고자 마음먹었다면 잘못된 길로 안내했을 것이다.

자신이 죽는 것에 별관심이 없는 여자였으니 그러고도 남았다.

그녀가 아론을 안전하게 데려왔다는 것만으로도 신뢰가 쌓였다.

"모두 여기서 대기한다. 여신의 인도가 잘못되었으리라 생각지 않는다. 저 안에서 필요한 것을 취해 오겠다."

"기다리고 있겠습니다."

아론은 망설임 없이 동굴 입구를 향해 나아갔다.

속에선 심장이 마구 뛰었지만, 아무런 긴장 없는 표정을 유지했다.

'신성 군주란 이미지지. 그 강력한 이미지가 무너지면 내부에서부터 문명이 붕괴할 거야.'

신앙 문명의 치명적인 단점이다.

다른 시스템을 가진 문명은 군주의 이미지가 조금 무너지더라도 버텨 내지만, 신앙 문명은 아니었다.

여신의 뜻에 따라 문명을 인도하는 초인.

어떤 경우에도 아론은 약한 모습을 보일 수 없었다.

콰과과과!

입구에 서자 지옥으로 가는 문처럼 마기가 소용돌이쳤다.

아론이 발을 딛기 직전.

"주군! 그래도 조심하셔야 합니다!"

"주군께서는 대륙 유일의 희망이십니다!"

"여신께서 함께하신다. 고난은 있을 수 있겠으나 실패는 없다."

쿠구구구궁!

아론을 집어삼킨 동굴의 입구가 무너지며 사람들의 출입을 막았다.

일인 던전의 입구를 어떤 식으로 봉할까 궁금했는데, 현실에서는 이런 식으로 적용되는 것이다.

"그럼 출발해 볼까?"

저벅. 저벅.

축축하고 음습한 동굴.

빛 하나 존재하지 않아 천사 펫 미리엘이 은은하게 내뿜고 있는 불빛에 의지해 나아갔다.

아론은 방패를 들고 성유물을 앞세웠다.

동굴 곳곳에 거미줄이 보였다.

내부와 연결된 거미줄은 가능하면 건들지 않았다.

보스가 거미 계열 마물이라고 가정했을 때, 반드시 거미줄과 신경망이 연결되어 있을 것이다.

먼저 놈이 알아차리기라도 하면 기습을 받을 수 있었으

므로 최대한 조심스럽게 이동하는 것이 상책이었다.

빛에 반짝이는 은사(銀絲).

잘못 만지면 베이기라도 할 것처럼 날카로웠다.

단순한 거미줄이 아니다.

무기로도 사용할 수 있는 것이 분명하였으니 더욱 긴장되었다.

'설마 아라크네는 아니겠지?'

주변에 온 신경을 곤두세우며 이동하다 보니 벌써부터 탈력감이 느껴졌다.

안쪽으로 들어갈수록 거미줄의 빈도는 높아졌다.

이제는 암갈색의 점액질마저 깔려 있었다.

동굴 중앙.

복잡하게 얽혀 있는 거미줄이 펼쳐진 공동이다.

산란지로 보이는 이곳에 몬스터로 보이는 고치들이 수도 없이 매달려 있었다.

어둠속에 일렁이는 그림자.

고개를 들자 여성의 상체와 흙빛의 거미 다리가 보였다.

'아라크네……!'

아론은 하마터면 소리를 지를 뻔했다.

레벨조차 표시되지 않았지만, 아라크네의 레벨은 23이다.

도저히 승리할 수 없을 스펙을 가졌다는 뜻이다.

'포기해야 하나?'

본능적으로 깨문 입술에서 피가 맺혀 흘렀다.

타다다다닷!

아론이 고민에 빠져 있던 그 순간.

아라크네의 눈이 번쩍 떠지며 거대한 물체가 돌진했다.

투-각!

"헉!"

날카로운 거미발이 갑옷을 찢었다.

아론이 온갖 버프를 걸어 댄 것은 거의 본능이었다.

사방 300m 내에 신성의 오라가 발현됩니다.

HP 회복률 +6

언데드에 대한 대미지 +6

힘 +2, 체력 +2

[4분간 힘이 250% 증가합니다.]

[방패에 가해지는 충격이 50% 감소합니다.]

적사자의 망토 덕분에 버프의 레벨이 높아졌다.

또한 얼마 전 얻었던 패시브 스킬 덕분에 힘 스탯이 30%나 증가하는 기염을 토했다.

쾅앙!

다시 한번 내리찍는 공격.

방패로 발을 쳐 내자 어깨에 찌르르한 통증이 전해졌다.

무식한 레벨답게 어마어마한 파괴력이었다.

아론은 현실 감각이 돌아왔다.

지금껏 너무 편하게 살았다는 생각이 들었다.

고통과 함께 밀려드는 기억.

[신비 스킬? 디펜스 워에서 신비를 얻으려면 목숨을 걸어야지.]

[기본 30번 트라이 아닌가?]

[못 먹어도 고다! 이걸 익히지 않으면 게임은 처음부터 다시 해야 한다.]

공략 사이트에서 보았던 수많은 글들.

아론의 감정은 도주하라 이야기했지만, 이성적으로 생각하면 반드시 눈앞의 적을 죽여야 했다.

문제는.

'어떻게?'

콰과광!

파바바박!

아라크네의 다리는 8개다.

여기에 팔 역할을 하는 두 개의 낫이 더해져 실질적으로는 10개라고 볼 수 있었다.

8개의 다리가 동굴 바닥을 찍으며 달려오자 암석들이 두부 잘리듯 잘려 나갔다.

아론은 빛의 일격을 날려 보았다.

[반경 3m 내의 모든 적에게 공격력 200%의 신성 대미지를 입힙니다.]

콰과과광!

동굴을 부술 듯한 충격이 가해졌다.

반경 3m 내에 강렬한 빛이 터지며 암석을 부쉈다.

후드득.

그 충격 때문인지 아라크네가 저장되었던 식량(?)들이 우수수 떨어졌다.

투콱!

하지만 놈에게는 아무런 타격이 없었다.

오히려 성질만 자극했는지 그 아름다운 얼굴의 입이 쭉 찢어지며 촉수가 튀어나왔다.

촤악!

치이이익!

촉수에서 발사된 액체가 바닥을 녹였다.

'미친!'

아론은 정신없이 액체를 피했다.

저기에 맞았다간 뼈도 추리지 못하리란 사실을 짐작했던 것이다.

이번에는 참격을 날려 봤다.

[상대에게 공격력 3배의 대미지를 입힙니다.]

카아앙!

"헉!"

강철을 때리는 느낌과 함께 몸이 밀려났다.

신음이 뱉어졌다.

참격마저 먹히지 않는다?

콰광!

아라크네가 거대한 낫과 같은 앞발을 휘두르자 방패에 강력한 충격에 가해졌다.

아론의 몸이 들리면서 동굴 한쪽에 처박혔다.

"쿨럭!"

피가 토해졌다.

이대로는 안 된다.

특단의 조치가 필요했다.

아론은 강력한 한 방이 필요하다는 사실을 인지하면서도 피해 다니기에 바빴다.

위험한 순간이 오면 천사 펫이 원거리 공격을 감행해 경로를 약간 틀어 주었다.

그것만으로도 치명상은 피해 갔지만, 점점 상처가 늘어 갔다.

압도적인 레벨 차이에는 장사가 없다.

나름 치열하게 싸웠지만 안 되는 건 안 되는 거다.

어떻게든 부딪쳐 보면 승리할 수 있는 각이 나오지 않을까 싶었는데, 목숨을 건다고 이길 수 있을 것 같지가 않았다.

전의를 상실한 것은 공격이 전혀 먹히지 않는 탓이 컸다.

'과연 디펜스 워. 내가 너무 얕봤다.'

신비 스킬이 아무리 좋아도 목숨보다 가치가 있을 리 없다.

마우스로 달칵거리는 것이었다면 수십 번이라도 트라이해서 어떻게든 틈을 찾았겠지만 이곳은 현실이었다.

무식한 전략이 가능할 리 없었다.

아론이 물러나려 단단히 마음먹고 있을 때, 천사 펫이 자신을 가리키며 빙그르 돌았다.

"네가 몸을 날려 시선을 분산시키겠다고?"

미리엘이 고개를 끄덕였다.

아론은 숨을 몰아쉬며 조금이라도 상처를 회복했다.

그들이 작전을 짜는 동안 아라크네는 출구를 봉해 버렸

다.

왜 마무리 공격이 들어오지 않나 싶었는데, 놈은 먹이가 도망가는 것을 방지하기 위해 거미줄로 공사를 하고 있었던 것이다.

단단하게 봉해진 출구.

저길 빠져나가려 수를 쓰는 순간, 머리가 동강 날 것이 분명했다.

아론은 필사적으로 생각했다.

고인물이라도 당황하면 머리가 돌아가지 않는 법.

그래도 목숨이 경각이라 필사적으로 떠올리다 보니 기억났다.

[아라크네의 약점은 심장. 가장 무른 부위기도 하다. 레벨이 낮은 유저가 머리통을 백날 타격해 봤자 대미지가 들어가지 않는다.]

아라크네의 몸체에는 붉은 보석이 박혀 있었다.

저것이 바로 아라크네의 심장이자 핵이다.

다른 곳은 너무 단단해 도저히 뚫을 엄두가 나지 않지만, 심장은 다를 것이다.

미리엘이 죽음을 각오하고 주의를 끌어 준다면.

'어떻게든 파고들어 끝장낸다.'

다행히 아라크네는 방심하고 있었다.

아론이 발버둥 쳐 봤자 본인을 어쩔 수가 없다는 사실을 인지했던 것이다.

그러니 저런 여유도 부릴 수 있었다.

아라크네가 뒤를 돌아본 순간.

"가라, 미리엘!"

파아앙!

아론이 미리엘을 던져 주었다.

있는 힘껏 던졌더니 추진력을 받아 총알처럼 튕겨져 나갔다.

미리엘은 아라크네의 눈동자를 향해 쏘아졌다.

'눈동자라. 좋은 선택이야.'

분명히 눈은 감으면 그뿐이다.

저 괴물은 눈조차 갑각으로 보호하고 있었다.

하지만 찰나의 틈은 만들 수 있다.

카앙!

미리엘의 검이 아라크네의 눈과 부딪쳤다.

아론도 엄청난 속도로 쏘아져 나갔다.

힘 하나 만큼은 어디 가서 빠지지 않을 것이다.

암석이 부서지며 아라크네의 심장을 향해 쏘아졌다.

놈이 눈을 떴지만, 이미 아론의 검은 심장을 관통하기 직전이었다.

서걱!

당황한 아라크네가 아론에게 팔을 휘둘렀다.

왼팔이 쭉 찢어졌다.

피가 터졌지만 개의치 않았다.

이런 괴물을 잡는데 팔이 잘리는 것도 아니고 자상을 남기는 정도라면 싸게 먹히는 것이다.

아론은 검을 뻗은 채로 스킬을 사용했다.

"참격!"

[상대에게 공격력 3배의 대미지를 입힙니다.]

콰과과광!

성유물이 정확하게 아라크네의 심장을 뚫었다.

스킬을 사용하지 않았다면 뚫지 못했을 것이다.

전신에서 가장 약한 부위라더니 저렙에 불과한 아론에게는 그것도 아니었던 모양이다.

쩌저적!

보석이 깨졌다.

"끼에에에엑!"

아라크네가 처음으로 비명을 질렀다.

천장으로 이리저리 체액이 분사되었다.

치이이익!

동굴 곳곳이 타들어 갔다.

아론은 검을 박아 넣은 채로 몸을 뒤로 날렸다.

퍼억!

미리엘이 날아오며 몸을 쳐서 더 빠르게 뒤로 날아가게 했다.

치이이이익!

아라크네 주변이 녹색의 체액으로 뒤덮이며 완전히 녹아 내렸다.

"지독한 놈."

동시에.

[히든 보스를 격파했습니다.]

[레벨이 올랐습니다!]

[레벨이 올랐습니다!]

[100p를 보상으로 받았습니다.]

[신비 스킬 상자를 보상으로 받았습니다.]

"드, 드디어!"

아론의 목소리가 동굴 내부에 쩌렁쩌렁하게 울려 퍼졌다.

도저히 승리할 수 없을 것이라고 여겼던 보스를 격파한 쾌감은 그 어느 때보다 컸다.

조금씩 흥분이 가라앉았다.

게임을 플레이할 때도 흥분은 독으로 작용됐다.

이곳은 현실이었으니 빠르게 마음을 다스릴 필요가 있었다.

"긴장이 안 되면 사람이 아니지."

아론은 인벤토리에서 찬란한 빛을 머금은 상자를 꺼냈다.

[신비 스킬 상자]

디펜스 워는 밸런스를 붕괴시킬 수 있는 스킬을 결코 내놓지 않았지만, 캐릭터를 한 단계 업그레이드 시켜 줄 수 있는 스킬은 분명 존재했다.

단연컨대 그중 최고는 신비 스킬일 것이다.

신화 아이템과 더불어 꼭대기에 있는 시스템.

여기서 무엇이 튀어나오느냐에 따라 전투 방식이 바뀐다.

다른 스킬은 이제 신비를 보조하게 된다고 해도 과언이 아닐 정도다.

상자의 개봉을 앞두자 손이 덜덜 떨렸다.

아론은 눈을 질끈 감고 외쳤다.

"오픈!"

파아앙!

강렬하게 터지는 팡파르.

화려한 금빛이 동굴을 가득 채웠다.

[신비 스킬 블랭크를 획득했습니다.]

"……!"

아론이 자리에서 벌떡 일어났다.

블랭크.

여러 게임에서 블랭크는 1레벨에도 사용할 수 있는 스킬로 취급하지만, 텔레포트 시스템이 존재하지 않는 디펜스 워에서는 말 그대로 목숨이 여벌로 생기는 강력한 스킬이었다.

아론은 누가 훔쳐 가기라도 할까 봐 곧바로 스킬을 습득했다.

[반경 5m 내 순간 이동]

생각보다 이동 범위도 넓다.

이걸 전투에서 적용하면 어떤 일이 벌어질까?

갑자기 적의 뒤에서 나타나거나 사각지대를 점하여 치명적인 타격을 줄 수 있다.

방어에 사용한다면 극단적인 회피 기동 역시 가능해진

다.

블랭크는 그런 식으로 사용됐다.

5m 범위 안에서는 어디로든 순간 이동할 수 있었기에 활용할 수 있는 방법이 무궁무진한 것이다.

게임이 중반을 넘어가면 보스들이 블랭크를 기본적으로 탑재하고 다녔기에 유저들은 눈에 불을 켜고 방법을 연구해야 했다.

이걸 얻었다는 것은 클리어 난이도를 조금이라도 낮출 수 있다는 뜻이었기에 의미가 컸다.

블랭크에는 단짝과 같은 스킬이 있다.

스카이 보드

허공에 1초 동안 50cm의 발판을 만든다.

아론은 상점을 열고 지금까지 얻은 포인트를 모조리 사용해 스카이 보드를 구매해 익혔다.

오늘 얻은 스킬들은 레벨 업으로 얻은 스킬 포인트를 사용해 LV.2로 만들었다.

[반경 10m 내 순간 이동]

[허공에 2초 동안 1m의 발판을 만든다.]

일대일 싸움에서는 반경 5m 내를 이동하는 것만으로도 상대에게 치명적인 일격을 가할 수 있었지만, 범위가 아쉽다.

시간이 흐를수록 고속으로 이동하는 보스가 생기기 때문이다.

스카이 보드도 마찬가지다.

고작 1초 정도 발판이 생겼다가 사라지면 타이밍이 어긋나 참패하는 경우가 왕왕 있었다.

발판의 크기도 커질 필요가 있다.

고작 50cm에 불과한 발판을 헛디디면 꼴이 우습게 된다.

생각 같아서는 더 많은 스킬 포인트를 투자하고 싶지만, 이 정도만 해도 연습으로 충분히 효율적인 동작을 만들 수 있었다.

레벨 업으로 얻은 스탯 포인트는 각각 힘과 체력에 하나씩 투자했다.

아론은 간만에 상태 창을 열어 봤다.

아론 오라클 LV.13

직업: 신성 군주-베일리의 사도.

스킬: 신성의 오라 LV.6 힐 LV.4 신성의 방패 LV.3 스

트롱 LV.3 참격 LV.3. 힘의 근원 LV.3 빛의 일격 LV.2 블랭크 LV.2 스카이 보드 LV.2

스탯: 체력(11+3) 정신(5+2) 힘(15+7) 민첩(6+2) 지혜(3+2) 신성력(1+4)

"짬뽕 그 자체로군."

나쁘다는 소리는 아니다.

여러 스킬을 보유하고 있다는 것은 다양한 상황에서 유연하게 대처할 수 있다는 뜻이었으니까.

블랭크를 얻음으로써 초고속 이동을 넘어 허공을 넘나들며 싸울 수 있게 됐다.

이것만으로 데스 나이트를 압도하게 된다고 보기는 힘들지만, 승리할 수 있는 가능성이 높아진 것은 맞다.

아론은 애써 스킬을 얻었기에 한번 실험해 보기로 했다.

"블랭크."

팟!

아론의 몸이 10m 위에 나타났다.

당연히 중력을 이기지 못하고 추락했다.

"스카이 보드."

쿠궁!

허공에 투명한 발판이 나타나자 제대로 밟지 못하고 부딪쳤다.

그대로 땅바닥에 틀어박혔지만, 기분은 나쁘지 않았다.

이 두 가지 스킬을 능숙하게 사용하기 위해서는 많은 연습이 필요하다.

결국은 익숙함의 문제인 것이다.

몇 번이나 연습하던 아론은 거미줄에 살짝 베이고 나서야 정신을 차렸다.

잘못해서 거미줄에 중상을 입으면 꼴이 웃길 것이다.

어린아이처럼 기뻐서 날뛰던 마음을 가라앉혔다.

"그럼, 나가 볼까?"

신비 던전 앞.

말도르 경을 비롯한 일행들이 걱정스러운 얼굴로 대기하고 있었다.

그들은 아론이 나오자 급하게 달려왔다.

"주군! 괜찮으십니까!?"

"다치신 곳은 없어요?"

"멀쩡하다."

사실 그렇게 말하는 아론의 꼴은 그리 좋지 않았다.

부상은 다 치료하고 나왔지만, 갑옷이 망가지고 여기저기 베이고 찢겨 넝마 조각을 입고 있었다.

핏자국도 지울 수 없었기에 한눈에도 혈투를 벌이다 온 것 같았다.

“여신께서 시련을 주셨고, 돌파했다.”

“오오오!”

이런 때는 여신을 들먹이면 만사형통이었다.

말도르 경과 칼슨 경, 병사들에 이르기까지.

아론이 저 안에서 뭔가 대단한 것을 얻어왔다고 여겼다.

그저 한 사람.

레오나가 아주 직설적으로 물었다.

“여신께서 어떤 힘을 주셨나요?”

“어허! 감히 여신을 의심하는 것이냐?”

말도르 경이 슬슬 화를 내려 시동을 걸었다.

레오나가 여기서 더 나가면 쌍욕이 날아올지도 몰랐다.

그 전에 아론이 나섰다.

‘내가 괜히 여신을 들먹인 것이 아니지.’

팟!

아론은 레오나의 눈앞에서 사라졌다.

그리고 바로 뒤에 나타났다.

“……!”

누구도 아론이 움직이는 것을 보지 못했다.

텔레포트라는 개념이 없는 세상에서 사람이 사라졌다 나타났으니 경악하는 것도 무리는 아니었다.

웬만해서 놀라지 않는 레오나의 눈이 동그랗게 커졌다.

“와!”

그녀는 순수하게 감탄했다.

아론이 여기서 한 술 더 뜨며 10m 앞까지 이동했다 복귀했다.

팟! 팟!

정신력의 한계 때문에 스킬을 무한정 사용할 수는 없지만, 나름 MP 소모도 적었고 비장의 카드라 할 만했다.

'스카이 보드까지 사용하면 더 화려한 퍼포먼스를 펼칠 수 있겠지만.'

아론은 고개를 흔들었다.

그러다 꼬꾸라지면 겨우 동경 어린 표정을 짓는 레오나의 얼굴이 썩어 들어갈 수 있었기 때문이다.

신성 군주의 권위가 떨어지는 짓은 하지 않은 편이 좋다.

"정말 신기하네요."

"돌아간다."

"네!"

어딘지 모르게 아론을 바라보는 레오나의 표정이 변한 것 같았다.

일행은 늪지에 들어왔던 역순으로 빠져나갔다.

편하게 쉴 때는 몰랐지만, 만만하게 볼 곳이 아니었다.

조금이라도 발을 헛디디면 바로 독에 중독된다.

늪에서는 프로그맨이 튀어나왔으며 독충이 접근하여 경

로를 방해하기도 했다.

말도르 카브란이 아니었다면 꽤 많은 피해가 났을 것이다.

아론의 오라도 큰 역할을 했다.

몬스터가 튀어나와 병사들이 다칠 때마다 오라가 스며들며 상처를 치료해 주었으니까.

부상자의 상처가 너무 깊으면 직접 나서서 힐을 사용한다.

온갖 스킬을 사용하는 아론의 도습을 보며 레오나의 시선은 점점 더 날카로워졌다.

'연구 대상이야.'

레오나의 생각을 아는지 모르는지 아론은 오한을 느낄 뿐이었다.

마침내 그들은 늪지를 빠져나왔다.

"고생하셨습니다, 주군!"

지친 사람들이 바닥에 주저앉았다.

사실 아론도 당장 쓰러지고 싶은 심정이었다.

늪지에 들어갈 때에도 문제였지만, 나올 때는 더욱 심한 고생을 했다.

경로에 존재하는 독충이나 몬스터의 어그로가 끌렸기 때문이다.

들어갈 때는 어그로가 끌렸어도 거리가 있어 잠잠했지

만, 나올 때는 경로에 미리 대기하고 있다가 피해를 주었다.

다행히 부상자는 없었다.

"30분 정도 휴식한 후 복귀한다."

"예!"

병사들은 교대로 근무하며 휴식을 취했다.

아론도 이제야 나무 밑동에서 쉴 수 있었다.

"저는 이만 다녀올게요."

"괜찮겠나?"

레오나였다.

그녀 역시 늪지를 헤맨다고 힘들었을 텐데, 바로 움직이겠다는 것이다.

"저야 항상 다녔던 곳이니까요."

"……."

강적이 따로 없다.

레오나에 대한 평가를 조금 더 상향할 필요가 있었다.

단순히 똑똑하고 신체 능력이 뛰어날 것이라 생각했지만, 함께 다녀 보니 그 이상이었다.

이런 S급 인재를 잃으면 속이 쓰릴 것이었기에 위험한 짓은 벌이지 말라고 신신당부했다.

"경의 목숨이 최우선이다."

"제가 경이 되는 건가요?"

"이만하면 기사 작위를 받을 정도의 실력이다."

아론의 말에 말도르와 칼슨은 고개를 끄덕였다.

이번 여행으로 레오나의 충성심은 검증됐다.

위험한 늪지에서 마음만 먹었으면 일행을 몰살시킬 수도 있었다.

하지만 그녀는 그러지 않았다.

굳이 거짓말을 할 필요가 없는 성격이기도 했고, 한번 한 약속은 반드시 지키는 성향이었다.

위험한 임무에도 거리낌 없이 지원했으므로 기사 작위 정도는 받아도 문제가 없었다.

'가신으로 임명하는 것은 좀 더 두고 봐야겠지만.'

"무리해서 랭파인 공작을 설득할 필요는 없다. 내가 보기에 랭파인 공작과 임시라도 동맹을 맺을 수 있는 가능성은 희박하다."

"염탐을 하는데 의의를 두도록 할게요."

"무사히 돌아와라."

"걱정 마세요."

인사를 마친 레오나는 두 명의 요원과 함께 말을 타고 사라졌다.

30분 정도 휴식한 일행은 복귀를 시작했다.

기사들을 제외하면 말을 타고 오지 않았기에 속보로 이

동했다.

"전방에 언데드다."

좌악!

병사들은 몬스터가 나타나도 당황하지 않고 처리했다.

정예가 괜히 정예는 아닌 것이다.

하긴, 독충과 생전 처음 보는 몬스터가 우글거리는 늪지에 비해 필드는 천국이나 다름없었다.

신성 보호막 권역 안에 들어오자 다들 긴장이 풀리는 모습이었다.

이곳에서는 몬스터나 마물의 힘이 절반 이하로 감소하기 때문이다.

아론 역시 주변에서 신경을 거두었다.

'신비 스킬을 얻었지만 조금 부족한 느낌인데.'

인간의 욕심은 끝이 없는 법이다.

아론은 갈증을 느꼈다.

블랭크를 얻은 것은 행운이지만 파괴력을 상승시켜 주진 않았다.

이것이 갈증의 원인이었다.

"검술 관련된 스킬이 나와 주면 완벽할 것 같다."

'방법이 없나?'

천사 펫도 얻었고, 전에 비해 급증한 성기사, 사제 등이 있었지만 데스 나이트와의 싸움에서 100%의 승리는 확신할 수 없었다.

아론은 지금 시점에서 얻을 수 있는 스킬은 없을지 생각해 봤다.

수없이 디펜스 워를 클리어해 온 만큼 바르다힌 변경백령을 얻은 시점에서 확정적으로 얻을 수 있는 스킬이 있을 것이다.

깊은 생각에 잠겨 있던 그는 한 가지 방법을 떠올렸다.

'도적 이벤트!'

5챕터 이후 대규모 도적이 발생해 영지에 큰 피해를 입히는 사건이 일어난다.

이벤트답게 피해를 만회할 만큼 보상이 예정되어 있는 것이다.

"굳이 그때까지 기다릴 필요가 있나?"

제3장
랭파인 공작

랭파인 공작령 파블라 요새.

지난 보름 동안 이어진 붉은 오크의 공세는 엄청난 희생을 만들어 냈다.

반파되어 부서진 성벽, 곳곳에 널브러진 아군과 적의 사체, 피로 젖은 땅.

무너지기 직전의 성벽도 문제였지만, 내부는 더욱 심각했다.

부서진 잔해 사이로 병사들이 비명을 질렀으며, 치료소는 포화 상태가 되었다.

"주군, 더 이상 여기서 버틸 수는 없을 것 같습니다."

"척후대는 어떻게 되었나?"

"3개 척후대 중, 두 개의 조가 실종됐습니다. 다행히 살아남은 척후대 하나로부터 붉은 오크 무리가 세력을 더욱 불리고 있음을 알려왔습니다."

"하……."

랭파인 공작은 눈을 질끈 감았다.

부관들도 참혹한 심정이긴 마찬가지였다.

그들은 뭉개져 짓이겨진 시신 앞에 멈추었다.

한눈에도 신원을 식별하는데 어려움이 많을 것 같았다.

군의관들이 돌아다니며 숨만 붙어 있는 중상자들의 숨통을 끊어 주는 모습도 보였다.

"피해 상태는 집계됐나."

"아직은……."

"됐다."

공작은 더 이상 묻지 않았다.

파블라 요새는 본령으로 향하는 마지막 길목이었다.

퇴각에 퇴각을 거듭해 여기까지 밀려났는데, 더 이상 버틸 수 있을지 기약이 없었다.

이런 가운데 제국 내부와 이웃 왕국 베론에서는 야심에 찬 귀족들이 움직이며, 전쟁을 벌이는 등 지옥과 같은 나날이 이어졌다.

'인류는 마지막 불꽃을 태우고 있다. 우리는 그래도 잘 막고 있는 편이야. 완전히 멸망해 마물의 먹이로 전락한 영지가 지천이라니.'

공작은 한숨을 토해 냈다.

제국이 멸망한 후 왕을 참칭하는 세력이 늘고 있었다.

인간들은 이 와중에도 서로 싸우다 멸망하길 예사였으니, 그 욕심이 끝을 몰랐다.

그는 이런 아비규환의 가운데 생존을 최우선 전략으로 삼았으나 그마저도 힘들어 보였다.

"지금은 적대가 아닌 협력으로 살아남을 방법을 모색해야 하거늘."

"각지의 제후들은 이걸 기회로 삼는 모양입니다. 언젠간 웨이브가 끝날 것이라 보는 거죠."

"그게 말이 되나."

부관들과 요새를 둘러본 공작은 더 이상 이곳에서 버틸 수 없다는 판단을 내렸다.

"이제 퇴각을……."

두두두두!

전방에서 전령이 달려왔다.

공작은 전령의 보고를 확인하기가 두려웠다.

여기서 대규모 웨이브가 몰려오면 도저히 막을 수 없었기 때문이다.

다행히 전령의 입에서는 몬스터에 대한 이야기가 나오지 않았다.

"각하! 바르다힌 변경백의 레오나 영애가 찾아왔습니다!"

"레오나 영애?"

웅성웅성.

바르다힌 변경백은 동부 사령관이자 상당한 군권을 행사하는 자였다.

병력의 숫자만 따지면 랭파인 공작과 맞먹을 정도의 군사력을 보유했다.

문제는 변경백령이 신성 군주를 참칭하는 아론 오라클 공작에 의해 점령됐다는 것이다.

이 상황에 영애가 사지를 뚫고 왔다는 것은,

"도주해 온 것이군."

다들 그렇게 여겼다.

하지만 그들의 생각은 틀렸다.

'생각보다 심각해.'

레오나가 파블라 요새에 도착하자마자 느낀 감상이었다.

부서진 성벽하며, 폐허에 묻혀 버린 도시에는 피비린내가 진동했다.

이곳에 얼마나 많은 피가 쏟아졌을까.

검붉은 핏물이 골을 타고 흐를 정도였으니, 랭파인 공작이 참상을 감추기엔 여력조차 없어 보였다.

찰팍.

사신 일행은 붉은 얼룩이 가득한 지역을 지났다.

병사들은 성벽에서 물러나 최대한 빠르게 퇴각을 준비하고 있었다.

'이 정도로 당했으면 더 이상 영토를 유지할 수 없겠지.'

참상을 두 눈에 담으니 확실해졌다.

정상적으로 영지가 운영되고 있는 신성 군주의 땅이 특별한 것이라는 사실을.

레오나의 눈이 반짝였다.

정말로 신의 가호를 받았는지, 참칭하는 것인지 모를 아론 오라클 공작이 얼마나 성장할지 기대되었다.

반쯤 주저앉은 막사.

멀쩡한 건물이 없는 관계로 이곳을 지휘관 회의실로 임시 이용하고 있는 것 같았다.

막사 안에는 랭파인 공작과 참모들, 몇몇 기사들이 앞으로의 일을 논의하고 있었다.

그녀가 나타나자 회의는 중지되고 시선이 쏠렸다.

"바르다힌 영애, 네가 이곳을 찾을 거란 생각은 하지 못했다."

"공작님과 아버지의 사이가 좋지 않았기 때문인가요."

"알면서 묻나."

예상대로의 반응이었다.

같은 지역에 있으면서도 변경백과 공작의 사이는 물과 기름 같았다.

이성적으로 생각하고 판단하는 공작과 다르게 변경백은 욕심이 가득한 인물이었으니까.

오히려 그런 공작의 성격 때문에 레오나가 직접 찾아온 것이기도 했다.

"사신을 이리 대하다니, 실망이군요."

"사신? 의탁하러 온 것 아닌가?"

"어째서요? 그럴 바엔 죽고 말지."

"허허허."

랭파인 공작이 어처구니가 없다는 듯 웃었다.

하지만 그녀의 성격을 조금이라도 알고 있는 사람이라면 반박할 수 없다.

레오나 영애가 세상만사를 포기하고 산다는 이야기는 제국 내에서 유명했기 때문이다.

"아론 오라클 공작은 변경백령을 점령하고 통치에 들어갔어요. 그 과정에서 여러 기적을 목격한 백성이나 병사들은 그 휘하로 들어갔어요. 저도 마찬가지고."

"타국 귀족의 휘하로 들어갔다는 말을 아주 고상하게 하는구나. 네가 귀부했다면 나를 찾아온 이유는?"

"경고와 함께 한 가지 제안을 하기 위함이죠."

"경고와 제안?"

"공작님, 지옥의 군단이 몰려오고 있어요."

"지옥의…… 군단? 정말인가?"

"데스 나이트를 위시한 지옥의 존재들이 진군하고 있어요. 앞으로 보름도 남지 않았군요. 놈들이 제국 동부 국경을 통과할 것이고, 거기서 막지 못하면 다음 차례는 공작님의 영지가 되겠죠."

"……!"

랭파인 공작의 눈동자가 흔들렸다.

언데드 군단에 이어 붉은 오크 군단을 막는 것도 벅찼다.

그런데 뭐?

지옥의 군대?

"그 무슨……?"

"힘을 합쳐야 해요. 그것이 생존할 수 있는 유일한 방법이겠죠."

레오나의 말은 치명타였다.

이미 랭파인 공작은 몬스터 군단에 의해 큰 피해를 입었다.

'운이 좋았어.'

레오나는 확신할 수 있었다.

이미 심각한 피해를 입었으니, 지옥의 군단이라는 말을 그냥 넘길 수 없을 거라고.

"확실한 정보인가?"

"직접 확인했어요. 북쪽에서 지옥의 군단이 내려오고 있는 중이고, 목적지는 제국 동부 바르다힌 영지죠."

"그곳을 격파하고 놈들이 남하한다는 보장이 있나?"
"그거야 모르죠. 한 가지 확실한 사실은 놈들이 공작님의 영지를 직격한다면 잿더미가 될 거란 사실입니다."
"적의 적과 손을 잡으라는 뜻인가……."
"선택은 공작님의 몫이겠죠."
거짓과 진실을 섞어 협박한 레오나는 더 이상의 발언을 삼갔다.
지금부터는 상상력의 영역이었다.
평소라면 몰라도, 몬스터 군단에 거하게 털린 랭파인 공작의 공포감은 지독한 PTSD로 각인되어 있었다.

바르다힌 시로 복귀한 아론은 생각에 잠겨 있었다.
액티브 스킬에 대한 생각은 늪지를 나와 여기까지 오는 순간까지 이어졌다.
고요하게 내려앉은 어둠.
작은 램프 하나 켜진 실내에서 5챕터에 대해 생각해 봤다.
"초반부 최악의 적 데스 나이트."
5챕터를 넘어서면 명실상부 중반으로 접어든다고 볼 수 있었다.
그는 지금껏 많은 것을 이뤘다.
이런저런 세력이 섞인 것치고 안정적으로 운영되는 것이 가장 큰 업적이었다.

가신들의 능력이 예상을 상회하는 이유도 있었지만, 강력한 퍼포먼스로 백성들을 감화시켜 여기까지 왔다.

하지만 이러한 업적도 한 번만 삐끗하면 모래성처럼 무너져 내릴 터였다.

아론에게 실려 있는 절대적인 권력만큼 웨이브가 왔을 때, 피해가 커지는 즉시 여신에 대한 믿음 역시 갈려 나간다.

압도적으로 데스 나이트를 죽일 수는 없어도 가능하면 피해를 줄여야 한다.

그렇기에 강력한 액티브 스킬이 필요했다.

“가이든 도적단의 발호는 5챕터와 6챕터 사이에 일어나는 이벤트지. 게임 속에서는 그 이벤트를 앞당길 수 없지만 현실은 어떨까.”

이벤트로 인해 발생하는 피해를 상당히 줄일 수 있다.

보상으로 받게 되는 스킬 역시 중반에 접어드는 만큼 강력했기에 데스 나이트를 상대하는데 많은 도움이 될 터였다.

“망설일 이유가 없다.”

아론은 결정을 내렸다.

그는 고인물인 만큼 어떤 식으로 도적단이 성장해 나가는지 잘 알고 있었다.

미리 함정을 파 놓고 기다린다면 세력이 커지기 전에 칠 수 있을 것이며, 도적으로 흡수될 백성들을 미리 데려올 수도 있을 것이다.

영지민은 도적 프레임을 씌우는 것보다 난민으로 구출되는 편이 낫다.

도적 출신과 난민 출신은 가치가 달랐으니까.

똑똑.

노크 소리에 상념에서 깨어났다.

"찾으셨습니까."

기사단장 마이어 경이었다.

"내일 군대를 일으켜 도적단을 칠 것이다."

"도적단…… 말씀입니까?"

"가이든 도적단이라고 제국 동부와 베론 왕국을 넘나들며 약탈을 자행하는 놈들이지. 난민을 흡수해 세력을 불려나가는 만큼 가만히 둘 수 없다."

"관련된 보고는 한 건도 없었습니다만."

"여신의 계시다."

"……!"

마이어 경은 놀라면서도 납득했다.

이쯤 되자 더욱 아론의 정체가 의심되었다.

'주군께서는 여신의 뜻으로 모든 프레임을 씌우지만……. 실은 주군께서 직접 신의 영역에 들어서신 것 아닐까?'

매우 합리적인 의심이었다.

아론의 눈에는 마이어 경이 무슨 생각을 하는지 빤히 보였지만, 굳이 사실을 정정해 주지는 않았다.

"병력은 경기병 200과 보병 300이면 충분할 듯하다."

"도적단의 규모가 어찌 됩니까?"

"2~3천 규모일 것이다. 그마저도 대부분은 노약자일 테니, 실질적인 전투 병력은 500명 내외겠지."

말하고 보니 새삼 큰 세력이었다.

베론 왕국보다는 제국 동부에서 주로 활동하는 놈들로, 인구가 풍부한 제국이다 보니 가파르게 성장할 수 있었다.

마이어 경은 심정이 복잡했지만, 간단하게 생각했다.

'주군의 정체가 무엇이든 언젠가는 알게 될 터.'

"내일 점심 무렵에는 출병할 수 있도록 준비하겠습니다."

"그렇게 하도록."

아론의 마음이 무척 가벼워졌다.

머지않은 미래에 크게 성장할 도적단을 미리 쳐서 최대한 전력을 보존할 수 있게 됐다.

도적단에 흡수될 백성들 역시 다량으로 들여올 수 있었으니, 인구나 병력면에서도 긍정적인 효과를 낳을 것이다.

액티브 스킬을 얻을 수도 있으니 일석삼조였다.

한편으론 괜히 먼저 이벤트를 들쑤셔 보상을 받지 못하는 것은 아닌가 하는 생각도 있었지만.

'그렇지는 않을 거야.'

경험상, 디펜스 워가 현실이 되었다고 이벤트로 예정된

보상을 지급하지 않을 것 같지는 않았다.

게임이 현실로 변했다면 그에 맞는 공략도 변하기 마련이다.

벌컥!

"주구우우운!"

갑자기 문이 열리며 칼슨 경이 호들갑을 떨었다.

아론은 혀를 차며 물었다.

"무슨 일인가?"

"레오나 경에게서 전서구가 왔습니다!"

"빠르군. 뭐라고 썼나?"

"랭파인 공작을 반쯤 설득했다고 합니다! 내일 오전에 직접 공작이 주군을 만나기 위해 온다는데요?"

"호오."

"상당한 기회가 아닌가 합니다."

마이어 경도 만족스러운 표정이었다.

레오나 바르다힌은 생각보다 뛰어난 인재였다.

FM 그 자체인 랭파인 공작을 설득할 줄이야.

"손님이 온다니 맞을 준비를 해야지."

아론이 공작을 설득할 수 있다면?

지옥의 군단을 맞아 공동 전선을 펴는 것이었기에 오라클 영지군이 받을 피해가 반으로 줄어들 것이다.

바르다힌 시 남동 평야.

아침 일찍 출발한 랭파인 공작 일행은 북동쪽으로 이동하는 것이 아니라 동쪽으로 바르다힌 시를 둘러갔다.

랭파인 공작은 왜 레오나가 이런 식으로 경로를 잡았는지 의아했으나, 거대한 신성 보호막을 보며 이해했다.

"저건 대체……."

어디부터 시작인지 알 수가 없을 정도로 거대한 막이었다.

신성 보호막은 바르다힌 영지 일부를 걸치고 있었으며, 베론 왕국으로 이어졌다.

더욱 놀라운 사실은 몬스터나 마물이 보호막 안으로 침범할 수 없다는 것이었다.

전부 레오나가 의도한 바였다.

"확인하셨군요."

"내게 이걸 굳이 보여 준 이유가 뭔가?"

"사람은 눈으로 본 것만 믿기 때문이죠. 소문은 들었을 것 아닌가요?"

"그야 그렇지."

랭파인 공작은 그녀의 말을 부정하지 않았다.

오라클 영지에 대한 소문은 여러 경로를 통해 들었다.

[여신이 오라클 영지와 그 부근을 신성한 땅으로 선포했다.]

[여신의 땅으로 선포된 구역으로는 마물과 몬스터가 침범하지 못한다.]

[죽은 자들이 생환해 다시 천군이 되었다.]

[신성 군주는 여신께 재화를 공양하고 식량을 받았다.]

……

물론, 하나같이 신빙성은 없다고 생각했다.

죽은 자들이 돌아왔다는 대목에서는 이야기를 꾸며 낸 수준이라 여기기도 했다.

'신성 모독이라 생각했지.'

어떻게 죽은 사람이 살아서 돌아온다던가?

부활은 성서에서나 다루는 영역이었다.

문제는 랭파인 공작이 직접 신성 보호막의 기능(?)을 확인했을 때였다.

삼단 논법에 따라 '부활'은 사실이 아닐까 하는 생각이 들었던 것이다.

신성 보호막은 존재하였으며, 신비한 효과를 냈기에 소문으로 함께 돌고 있는 부활도 사실이 아닐까 하는.

'홀리지 말자.'

랭파인 공작은 고개를 흔들었다.

이렇게 생각한 자체가 오라클 공작과 레오나의 책략이라 여겼던 것이다.

하지만 머리에 한번 박힌 생각은 지워지지 않았다.

별의별 의문이 다 들기 시작했다.

'레오나 영애가 왜 오라클 공작을 따르고 있는지에 대해서 고찰할 필요가 있다.'

아무리 사이가 좋지 않아도 아버지는 아버지다.

아론 공작과의 전쟁으로 변경백이 목숨을 잃었고, 수많은 병사들이 협곡에 파묻혔다.

그걸 보고도 아론 오라클 휘하로 들어갔다?

이는 많은 가능성을 시사했다.

'오라클 공작이 그만큼 뛰어나거나 여신의 기적이 사실이라는 뜻이지.'

랭파인은 이성적인 사람이었다.

그렇기에 다른 사람들보다 더욱 흔들렸다.

공작 일행은 바르다힌 시가 보이는 평야에 접어들었다.

이곳에는 경기병 200명을 포함해 총 500명의 병력이 출병을 준비하고 있었으므로 그 이유를 묻지 않을 수 없었다.

"이 병력이요? 주군께서 도적단을 미리 소탕하고자 하십니다."

"도적단을 소탕해?"

"가이든 도적단이라고, 제국에서 활동하며 세력을 키워오고 있었는데, 이번에 쳐서 없애는 것이 좋다고 하셔서요."

"그들이 오라클 영지에 피해를 주었나?"

"그건 아니지만 피해를 줄 예정입니다."

오라클 공작의 부관이라는 칼슨 네드반은 말도 안 되는 소리를 했다.

하지만 마냥 무시하기는 힘들었다.

'그 도적단 이름이 가이든이었나? 워낙 신출귀몰해 몇 번이나 토벌대를 보냈음에도 토벌하지 못했다. 그걸 오라클 공작이 토벌한다고?'

의심이 더욱 짙어지고 있었다.

'오라클 공작은 대체 정체가 뭐지?'

출병은 잠시 딜레이되었다.

도적 토벌이 중요하긴 해도 당장 급한 것은 아니었기 때문이다.

아론은 마이어 경과 함께 테라스에서 공작이 입성하는 모습을 지켜봤다.

"주군, 랭파인 공작은 꽤나 현실적인 사람이라고 합니다. 과연 여신을 내세워 설득하는 것이 가능할지 모르겠군요."

"그것만으로는 설득이 불가능할 거다."

"하오면 주군의 복심은……?"

"되면 좋고, 안 되도 할 수 없고. 현실적인 사람일수록 초자연적인 현상에 의지하지 않으려는 경향이 강하지. 이번 회담에서는 여신의 권위가 먹혀들지 않을 가능성이 높다."

"저만 부른 이유가 있으셨군요."

"경은 선입견이 없기 때문이지."

마이어 경이 묘한 표정을 지었다.

그는 여신의 권위를 의심하는 사람이었다.

차라리 군주의 권위를 인정했기에 랭파인 공작과의 회담에 참여해도 문제가 없다고 본 것이다.

"공작이 10분 안에 시청에 입성하겠습니다."

"가지."

랭파인은 명색이 제국의 공작이었다.

제국이 멸망했지만 강력한 세력을 구축하고 있는 것은 맞았기에 돌아오는 챕터에서 큰 도움이 될 것이다.

데스 나이트를 처리하고 나면 적이 되겠지만 상관없었다.

아론의 목적은 이번 웨이브에서 피해를 최대한으로 줄이는 것이었으니까.

시청 앞.

랭파인 공작은 인사를 하기도 전에 천사 펫을 보며 신음했다.

"허어, 이 무슨……."

충격이 이만저만 아닐 것이다.

미리엘은 누가 보아도 천사의 현신이었으니까.

정령이라 이해하려 해도 뇌 정지가 왔으므로, 도대체 이게 무슨 현상인지 곰곰이 따져 보는 것이다.

결국 그는 그 어떤 유추도 할 수 없었다.

"제국의 공작 바드론 랭파인입니다."

"아론 하이드 오라클입니다."

미래엔 적이 되더라도 상대방에게 무례하게 구는 것은 하책이었다.

먼저 무례하게 군다면 말이 다르겠지만, 저토록 정중한데 굳이 적대해서 마음 상할 필요는 없는 것이다.

공작은 귀빈실로 안내되었다.

테이블 하나를 두고 아론과 랭파인 공작이 마주했다.

아론의 뒤에는 마이어 경과 레오나 경이 섰다.

랭파인 공작은 부관으로 보이는 두 사람만 동승시켰을 뿐이다.

제국의 거인과 마주하였지만, 최대한 여유를 부려 봤다.

어차피 랭파인 영지는 마물의 침공으로 본령만 남았을 테니, 크게 부담 가질 필요가 없었다.

'공작의 병력은 5천쯤 되겠지. 전쟁이 나면 큰 피해를 입겠지만 못 이길 상대는 아니다.'

아론에 비해 랭파인 공작은 꽤나 긴장하는 중이었다.

자신의 영지와 다르게 오라클 영지 사람들은 사기가 매우 높았기 때문이다.

"도대체……."

급한 쪽에서 먼저 입을 열게 돼 있었다.

아론은 조용히 차를 마실 뿐이지만, 랭파인 공작은 침묵을 견디기가 힘들었다.

"당신은 누굽니까?"

"보시는 그대로입니다."

"단순히 정치적인 이유로 신정 일치를 시행하는 것이 아니라는 말입니까?"

"인간은 직접 경험한 것을 믿습니다. 신의 증거로 이 이상 확실한 것은 없겠지요."

"저는 지금 보이는 것이 마법적인 장치라고 생각합니다만."

"……."

아론 일행은 별다른 말을 하지 않았다.

말도르 경이라면 쌍욕이 날아갔겠지만, 이 두 명은 여신에 대한 믿음이 절대적이지 않았다.

"당신의 말이 사실이라고 한들 바뀌는 것은 없습니다."

"그 무슨……?"

"팩트는 신정 일치로 불안을 해소하고 백성들에게 희망을 준다는 것이지요."

"허……."

랭파인 공작은 뭐 이런 인간이 다 있나 싶은 표정으로 아론을 바라봤다.

'신중한 사람이다. 신성 모독 비슷한 발언을 했으나 전혀 먹혀들지 않고 있어.'

공작은 한숨을 내쉬었다.

주도권을 가지고 오고 싶었지만 실패한 것이다.

그의 공격은 실패했기에 이제 아론의 차례였다.

"오면서 보셨을 겁니다. 신성 보호막이 형성되어 있는 것을 말이지요."

"……신기한 장치였습니다. 마물이나 몬스터가 보호막을 뚫을 수 없다니. 내구력은 존재하지 않습니까?"

"신성 보호막은 인간의 인식을 뛰어넘는 장치입니다. 오파츠 유물이라도 저 정도로 광범위하게 영토를 보호할 수는 없죠."

"하고 싶은 말이 무엇입니까?"

"보호막은 지속적으로 확장됩니다. 머지않아 구 바르디힌 영지를 덮고도 남겠죠. 그 상태에서 웨이브가 일어나면 괴물들이 어디로 향하겠습니까?"

"……!"

랭파인 공작의 눈동자가 사정없이 흔들렸다.

손까지 떨리는 것을 보니 제대로 충격을 받은 모양이다.

아론의 협박은 실로 엄청난 것이었다.

아군은 신성 보호막이 웨이브가 끝난 후 확장된다는 것을 알았지만, 상대방은 그 사실을 모른다.

정확한 정보가 없다면 협박은 덕혀들어 갈 수밖에 없다.

랭파인 공작뿐만이 아니라 그 뒤에 선 부관들조차 뭐라 조언할 수 없었다.

협박이 너무 그럴싸해서 할 말을 잃은 것이다.

"이제야 대화할 생각이 드십니까?"

"귀하의 말이 사실이라면 더운 이해가 되지 않습니다. 가만히 두어도 제 영지는 멸망할 텐데, 임시 동맹이라는 이유로 함께 싸우려는 이유가 뭡니까?"

"저를 정치적으로 이해하시려니 사고가 제한되는 것입니다. 종교적인 관점을 조금이라도 넣어 보도록 하죠."

"관용적인 이유로 돕는다는 겁니까?"

"귀하는 이웃 영지입니다. 제가 정치적인 이유에서든 뭐든 신정 일치를 구현하고 있는데, 이웃의 위험을 그냥 지나칠까요?"

"으음."

랭파인 공작은 더욱 난감한 표정을 했다.

이걸 믿어야 하나, 말아야 하나 고심하고 있는 것이다.

그러자 아론이 쐐기를 박았다.

"한 가지 확실한 사실은 머지않은 미래에, 귀하의 영지가 엄청난 피해를 받는다는 겁니다. 이번 한 번은 막는다고 쳐도 그다음은 어찌 될지 모르죠.”

“웨이브가 계속 일어난다는 말이군요?”

“단순히 지속되는 것만 아니라 더욱 강력해집니다. 귀하도 느끼고 계실 텐데요.”

꽈득!

랭파인 공작은 이를 악물었다.

‘아론 공작의 말이 맞다. 적은 조금씩 강해지고 있다. 신성 보호막으로 적이 침투할 수 없다면 필연적으로 우리가 멸망에 처할 터. 내가 이리저리 재고 정치적인 이유를 따질 겨를이 없다.’

그는 내심 결정을 마쳤다.

하지만 곧바로 고개를 숙일 수는 없는 일이었다.

몇 시간이라도 심사숙고해야 하는 것이다.

“3시간만 시간을 주시죠.”

“죄송하지만, 지금 당장 결정할 것이 아니라면 며칠이 걸릴지도 모릅니다.”

“도적 토벌 때문이군요?”

“맞습니다.”

“허면 저도 토벌에 참여하고 싶습니다.”

“어째서요?”

“늙은이의 호기심이라고 해 두지요.”

40대 후반의 공작이 늙었다고 보긴 어렵지만, 중세의 특성을 생각하면 그리 발언하는 것도 무리는 아니었다.

이쪽의 전력을 확인하려는 의도였다.

어떻게든 데스 나이트와 싸우는데 끌어들일 수 있다면 상관없다.

아론은 즉답했다.

"그러시지요."

"감사합니다."

"도적 토벌은 한시도 미룰 수가 없으니 함께 가시려면 바로 준비하셔야 합니다."

"10분 안에 가겠습니다."

아론은 자리에서 일어났다.

시원하게 동맹을 맺지는 않았지만, 이만하면 거의 다 넘어왔다고 해도 과언이 아니다.

귀빈실을 빠져나오자 마이어 경이 걱정스레 물었다.

"괜찮으시겠습니까?"

"무엇이?"

"저희 전력을 노출해도 문제가 없을지요."

"오히려 도적 토벌에서 강력한 모습을 보여 준다면 임시 동맹을 맺는데 유리할 것이다."

"그것이 주군의 뜻이라면."

마이어 경도 더 이상 반대하지 않았다.

한마디도 하지 않았던 레오나 경은?

흥미진진한 표정을 짓는 것이, 지금의 상황이 정말 재미있다고 여기는 듯했다.

제4장

예측토벌

바르다힌 시 남쪽.

아론은 에리아 경에게 명령하여 랭파인 공작이 혹시 불온한 움직임은 보이지 않는지 감시하게 했지만, 그 역시 가까운 곳에서 공작의 의도가 무엇인지 파악해 보기로 했다.

'그는 이성적인 자다. 지옥의 군단이 쳐들어온다는 사실을 알게 된 이상, 아군을 무너뜨리려 하진 않을 거야.'

적의 적은 친구다.

고대에서부터 전해져 내려오는 진리를 랭파인 공작이 모를 것이라 생각지는 않았다.

그가 생각에 잠겨 있을 때, 레오나가 다가왔다.

"주군, 지금까지 확인한 바로, 랭파인 공작은 아군의 전력을 확인하는 것을 넘어 다른 의도가 있는 것이 분명해요."

"다른 의도?"

"주군의 예지 능력을 확인하려는 것이죠."

"예지 능력이라……."

랭파인 공작은 아론이 예측 토벌을 할 수 있는지에 초점을 맞춘다는 것이다.

예측이 빗나가면 동맹이 체결되지 않을 가능성이 높을 테고.

"반드시 예측이 맞아야겠군."

"그러지 않으면 곤란해지겠죠."

"걱정할 것 없다. 신께서 계시하였으니 그대로 이루어질 것이다."

"……알겠습니다."

레오나는 억지로 납득했다는 표정이었다.

마이어 경도 그렇지만, 레오나 역시 종교에 약간의 의구심을 품고 있었다.

아론의 답변을 확인한 그녀는 특수 정보부 진영으로 돌아갔다.

"후우."

한숨이 작게 새어 나왔다.

레오나의 말에 의하면 도적 토벌이 동맹에 가장 중요한 분기점이라는 뜻이다.

예측이 빗나가면?

랭파인 공작은 의심할 테고, 동맹에 균열이 생기는 것이다.

그러니 조금 더 신중하게 움직여야 한다.

'가이든 도적단은 난민을 습격해 세력을 불려 나가고 있다. 고작 10명으로 시작해 수천으로 불어난 것도 무차별적인 흡수 때문이지.'

아론의 눈앞에 반투명한 지도가 펼쳐졌다.

신성 보호막 안쪽이라면 지형과 사람, 몬스터의 움직임을 파악할 수 있었다.

바르다힌 남동쪽으로 수백 명 단위의 난민이 보였다.

'디펜스 워를 플레이할 때에도 저 정도 규모의 난민은 드물었지.'

수없이 플레이해 왔던 경험과 현재의 생각을 끼워 맞춘다.

결론은 하나.

'반드시 도적단과 조우할 수 있을 거야.'

바르다힌 남부 평야.

경기병 200, 보병 200, 총 500명으로 구성된 군대가 남동쪽으로 이동했다.

도적 트벌전에 참여한 랭파인 공작은 미래에 적이 될 가능성이 높은 오라클 영지군의 전력을 파악하기에 바빴다.

'대단한 정예다.'

기병도 그렇지만 보병의 움직임도 흐트러짐이 없었다.

더욱 놀라운 사실은 그들의 무장이었다.

장창과 검, 화살 등으로 무장하였으며 기병들은 투창과 기병창, 검을 각각 휴대했다.

지금 같은 시대에 이 정도로 보급하기란 쉽지 않았다.

훈련을 얼마나 받았는지 행군을 하면서 힘겨워하는 기색도 없었다.

'같은 병력이면 아군이 필패할 거야.'

랭파인 공작은 물론, 참모들의 의견도 다르지 않았다.

"신병 수준이 아닙니다."

"전원 정예병일 거야."

"수집된 정보에 의하면 오라클 영지군은 던전에서 수련을 쌓는다고 합니다."

"던전에서 수련을 쌓아?"

"예, 최소한의 군사 교육이 끝나면 곧바로 언데드 던전에 들여보내 실전을 쌓고 단계를 올려간답니다."

"놀랍군. 바로 실전에 밀어 넣는다는 건가? 사망자가 발생할 거야. 신병 교육에 사망자가 생기면 군의 사기는 떨어질 수밖에 없다."

"교단에서 파견한 신관과 성기사가 함께한다 하니, 사망자는 거의 없다고 합니다."

"허어."

랭파인 공작은 오라클 영지군의 훈련 방식에 혀를 내둘렀다.

'목숨을 건 실전만큼 확실한 훈련이 없지. 아무리 그래도 병력을 던전에 밀어 넣는다니……. 사제가 부족한 우리 영지에서는 결코 사용할 수 없는 방식이다.'

이제야 비밀이 풀렸다.

오라클 영지군의 실력이 상향평준화된 것은 훈련이 곧 실전이라는 극약 처방이 있었기 때문이다.

게다가 오라클 공작은 그런 처방을 할 수 있을 만큼의 능력을 갖추고 있었다.

실로 무서운 일이다.

"……그리고 가이든 도적단을 치는 것은 예측 토벌이라고 합니다."

"들었다. 말도 안 되는 전략이지."

이 넓은 땅에서 도적이 어디로 이동할지 콕 집어 매복한다?

랭파인 공작 입장에서는 말이 되지 않는 작전이었다.

하지만 그의 상식은 얼마 지나지 않아 무너지기 시작했다.

"대, 대규모 난민입니다!"

"난민?"

랭파인과 참모들의 눈동자가 마구 흔들렸다.

난민이 발생할 수는 있다. 문제는 아론 오라클 공작의 행동이었다.

"도적은 반드시 이곳으로 온다."

총 300명으로 이루어진 난민이었다.

남동쪽에서 올라오고 있던 그들은 상거지 꼴이었다.

수십 대의 수레를 비쩍 마른 소와 말이 끌고 있었으며, 사람들은 수척하고 말랐다.

상처 입은 자도 많아 당장 치료가 시급해 보였다.

수레들은 구덩이와 진흙이 뒤섞인 길에서 가다 서길 반복했다.

난민 구출은 항상 있던 일이지만 직접 보기는 실로 오랜만이었다.

'대륙 전체에 난리가 나기는 했지.'

군대가 도착하자 난민의 눈빛이 변했다.

"구원군이다!"

"와아아아아!"

난민들은 초췌한 몰골로 만세 삼창을 했다.

아론이 명령했다.

"촌장은 앞으로."

"예, 예."

50대 중반의 늙수레한 남자였다.

현대에서 50대 중반이면 한창이지만 이 시대에는 노인으로 불렸다.

실제로도 등이 굽고 백발이 성성해 난민 중 최고령이었다.

지팡이를 짚은 촌장이 무릎을 꿇고 머리를 조아렸다.

"제, 제가 아몬스 마을의 촌장 그라텔입니다."

"남쪽으로 피난을 가도 됐을 텐데, 북쪽으로 왔군?"

"오라클 영지가 여신의 가호를 받는다고 들었기 때문입죠."

"실제로도 그렇던가?"

"예! 신성 보호막을 통과하니 마물이 접근하지 못했습니다. 가끔 나타나는 녀석들은 충분히 처리가 가능했습지요."

"너희는 지금 도적에게 쫓기고 있다. 알고 있었나?"

"……!"

아몬스 마을 난민들은 깜짝 놀랐다.

도적의 접근?

그들은 오직 마물만 조심하면서 이동했다.

도적들이 설치고 있으리라고는 상상도 못 했던 것이다.

"전혀 몰랐습니다! 도적의 흔적은 없었습니다만……. 신성 군주께서 그리 말씀하신다면 도적이 쫓고 있는 것이겠지요."

"짐을 그대로 두고 몸을 좀 숨겨야겠다."

"예?"

"우리 측 병사들이 난민으로 위장해 적을 칠 것이니 협조하도록."

"암요! 당연히 그래야지요!"

아론은 전투 준비에 들어갔다.

도적단은 고작 난민을 처리한다는 생각에 별다른 전략 없이 쳐들어올 가능성이 높았다.

그 점을 파고들면 별다른 피해 없이 처리할 수 있을 것이다.

먼저 지형.

작은 언덕 앞에 난민이 끌고 온 수레로 둥글게 벽을 만들었다.

완벽하지는 않아도 방해물이 없는 것보다는 나았다.

그 안에 난민으로 위장한 병사들이 불을 피웠다.

연기가 피어올랐기에 도적들이 근처에 있다면 이곳으로 달려올 것이다.

아론은 경기병을 이끌고 언덕 뒤에 숨었다.

도적들이 나타나면 곧바로 쓸어버릴 작정이었다.

한차례 적이 휩쓸리면 캠프에서 대기하고 있던 보병이

튀어나와 앞뒤로 압박한다.

패할 수 없는 전투였다.

한 가지 사소한 문제라면 아론이 잘못 짚었을 때였다.

'만에 하나 도적이 오지 않으면 개망신인데.'

시간이 갈수록 초조해졌다.

처음 두 시간은 그럭저럭 참을 만했는데, 반나절이 흘러가자 날짜를 잘못 짚은 것 아닌가 하는 생각마저 들었다.

병사들 사이에서도 이런저런 말이 돌았다.

"정말 도적이 오는 것이 맞을까?"

"어허, 여신께서 계시하셨다지 않나. 의심은 불충이야."

"하긴, 고작 반나절이지. 도적이라면 저녁에 습격할 수도 있는 일이고."

다행히 이 시대 사람들은 기다리는 것 하나 만큼은 정말 잘했다.

술을 마시는 것 이외에 놀이거리도 없는 시대였고, 세상이 멸망하고 있는 와중이라 살아 있는 것만으로도 감사하는 사람이 많았다.

정확하게 4시간이 흘렀을 무렵.

두두두두!

말발굽 소리가 울려 퍼지기 시작했다.

관측병이 보고했다.

"도적단입니다! 숫자는 대략 오백!"

"……!"

웅성웅성.

병사들은 깜짝 놀랐다.

이 광활한 대지에서 도적이 오길 바란다는 것은 사막에서 바늘 찾기나 마찬가지였다.

예측의 범위를 넘어선 기적이었다.

미래를 예지하지 않고는 불가능한 일이었다.

"저, 정말 왔잖아?"

"계시라지 않았나! 여신께서 계시하셨는데 당연한 일이지!"

'십년감수했군.'

아론은 무표정한 얼굴이었지만, 속으로는 가슴을 쓸어내렸다.

도적이 오늘 오지 않았다면 개망신을 당할 뻔했다.

놈들은 난민으로 위장하고 있는 보병들을 둘러쌌다.

다행히 바로 공격하지는 않았다.

가이든 도적단은 난민을 흡수했다.

나름 자신들의 세상을 만든다며 설치는 놈들이었으니, 다짜고짜 칼질하는 어리석음은 범하지 않았다.

차앙!

아론이 검을 뽑았다.

"여신을 위하여!"

"와아아아!"
언덕에서 출발한 경기병이 어마어마한 속도로 내달렸다.

사방 300m 내에 신성의 오라가 발현됩니다.
HP 회복률 +6
언데드에 대한 대미지 +6
힘 +2, 체력 +2

[4분간 힘이 250% 증가합니다.]
[방패에 가해지는 충격이 50% 감소합니다.]

언덕을 내려가는 경기병 전체가 빛에 휩싸이는 것처럼 보였다.
단순히 난민이나 흡수하려던 도적단은 깜짝 놀라 우왕좌왕했다.
도적 일부는 말을 타고 있었지만, 대부분 보병이었다.
난민이 도적이 된 것이라 전문적인 군사 교육을 받지도 못했다.
정규군이 몰려오면 압박감을 느낄 수밖에 없는 것이다.
"기병 방진!"
도적들은 당황했지만, 두목만큼은 정신을 차렸다.
나름 이런 상황을 훈련한 모양인지 어설프게나마 방진이

형성되었다.

"방향을 전환한다."

"예!"

문제는 아론이 가진 경기병은 평소 중기병으로 활동하는 놈들이라는 것이다.

지금은 몸도 가볍고 말발굽에 가해지는 부하도 적었다.

정면으로 내달리다 방향을 트는 것쯤은 어려운 일도 아니었다.

웅성웅성!

갑자기 기병이 방향을 틀자 도적들이 우왕좌왕했다.

간신히 창을 앞으로 세우며 충격에 대비하고 있었는데, 이번에는 옆구리를 들이받힐 위기에 처했던 것이다.

"방향을 틀어!"

도적 두목의 목소리가 또다시 들렸다.

'저 인간은 죽여야 한다. 블랭크도 실험해 볼 겸.'

팟!

아론은 내리막길을 달리던 말에서 튕겨져 나갔다.

"저런 미친!"

도적들은 경악했다.

말의 속력과 점프력에 의해 엄청난 속도로 아론의 몸이 쏘아졌기 때문이다.

포탄처럼 쏘아져 날아가던 아론은 도적 두목과의 거리를

가늠했다.

한눈에도 화려한 옷을 입고 이런저런 명령을 내리는 남자.

원래의 시나리오였다면 데스 나이트와의 일전이 끝난 후 골칫덩이로 등장했겠지만, 예측 토벌(?)을 하는 바람에 낭패를 겪고 있었다.

"화, 화살을 날려!"

도적들도 궁병은 있다.

수십 개의 화살이 날아와 아톤의 몸에 틀어박히려는 순간.

퉁!

스카이 보드로 방향을 전환했다.

동시에.

'블랭크!'

아론의 몸이 사라지며 순식간에 가이든의 눈앞에 나타났다.

서-걱!

허공에서 검이 휘둘러졌다.

도적단 두목의 목이 떨어지며 피보라를 일으켰다.

난민 캠프가 보이는 언덕 위.

랭파인 공작은 아론 오라클이 어떤 식으로 전투를 하는

지 보기 위해 신경을 집중하고 있었다.

우선은 전략적인 부분이었다.

"완벽한 진형이군. 언덕 바로 아래 캠프를 설치했으니, 기병이 속력을 내기 쉬울 거야. 돌파력 또한 강력해지겠지."

"난민으로 위장한 보병이 내응한다면 도적들이 쉽게 처리될 겁니다."

"모든 상황을 예측했기에 가능한 일이다."

아론 오라클의 전략에 혀가 내둘러졌다.

이 모든 준비에도 도적이 오지 않으면 무용지물이다.

시간이 흐를수록 랭파인 공작과 참모들은 초조해졌지만, 오히려 당사자들인 오라클 영지군은 무사태평이었다.

"조금 늦는군."

"어디 똥이라도 싸고 오나 보지."

"하하하하!"

"……."

'이런 상황에 농담이 나오나.'

랭파인 공작이 어처구니없다는 표정을 짓고 있을 때, 정말로 도적단이 나타났다.

엄청난 속도로 쇄도하고 있었으나 중구난방이었다.

정예군인 오라클 영지군에 비하면 질서라는 것이 아예 없었다.

그들이 수레를 둘러싸자 경기병이 출격했다.

두두두두!

“여신을 위하여!”

파아앙!

신성한 빛에 휩싸이는 무리.

그 아름다운 광경에 랭파인 공작은 눈을 떼지 못했다.

놀라운 일은 그 이후에 벌어졌다.

나름 진영을 갖춘 적이 기병을 맞을 준비를 했던 것이다.

“반전!”

두두두두!

정면에서 측면으로 기동.

다소 무리가 있는 움직임으로 보였으나 방향 전환이 부드러웠다.

‘저들은 중기병이다. 지금은 가해지는 부하가 적으니 무리 없이 기동할 수 있는 것이야.’

전략에 더해 기병의 기동력에 후한 점수를 줄 수 있었다.

잠시 후, 충격적인 일이 발생했다.

“오라클 공작이 적을 향해 돌진합니다.”

“저런 무식한!”

아론 공작은 전속력으로 달리는 말 위에서 튕겨져 나갔다.

길게 이어지는 포물선.

도적들이 재빨리 활을 장전하다가 쐈다.

"이런!"

랭파인 공작은 작게 신음했다.

저 무식한 인간은 화살이 날아올 것이라는 사실을 간과라도 한 것인지 아무런 대비도 없이 적진 한복판으로 돌진하는 것이다.

하지만.

팟!

"어?"

"수, 순간 이동!?"

화살이 허공을 갈랐다.

공중에서 발판이 생겨나더니 오라클 공작이 방향을 틀었고, 그대로 순간 이동해서 도적 두목의 목을 잘랐다.

푸하하학!

핏물이 사방으로 튀었다.

도적들은 경악했다.

그 충격은 언덕에서 상황을 지켜보던 랭파인에게도 이르렀다.

"말도 안 돼."

두목의 목이 날아가자 도적들은 우왕좌왕했다.

충격을 감추지 못하고 있는 자들을 향해 기병이 옆구리를 타격했다.

꽈직!

"와아아아!"

적들이 순식간에 쓸려 나갔다.

정규군이라도 당할 수밖에 없는 전술이었다.

애초에 보병이 기병을 상대한다는 것은 불가능한 일.

경기병의 돌파력 역시 상상을 초월하기 때문이었다.

정면도 아닌 옆구리를 들이받히면?

학살이 시작되었다.

도적들은 두목을 잃은 충격에서 벗어나기도 전에 진영이 와해됐다.

곧 난민으로 위장하고 있던 보병이 튀어나와 내응하기 시작했다.

최정예 군단이라도 무너졌을 텐데, 훈련량이 절대적으로 부족한 도적들은 말할 것도 없었다.

"끝났군."

도적 두목의 목을 딴 아론은 이리저리 움직이며 적 지휘관으로 보이는 자들을 처리했다.

신비 스킬을 얻은 후 잠시 연습하긴 했지만, 실전만큼 빠르게 숙련도가 상승하진 않는다.

신나게 검을 휘두르고 스킬을 사용한 덕분에 MP가 바닥났다.

머리가 띵할 정도가 되자 공격을 멈추었다.

아론은 후방으로 물러나 상황을 확인했다.

“주군! 항복을 권유할까요?”

“그렇게 하도록.”

명령을 받은 마이어 경이 적들에게 항복을 권유했다.

도적들도 도저히 답이 없다는 사실을 알았을 것이다.

“적대 행위를 멈추라! 여신께서 학살을 바라지 않으신다!”

쨍그랑!

도적들은 살려 주겠다는 말에 바로 검을 내려놓았다.

애초에 도적 따위가 정규군과 부딪쳐 승리할 수 있는 가능성은 없었다.

매복과 계략에 당하기도 했으며, 지휘관들이 암살되자 지휘 체계마저 무너져 우왕좌왕하다 목이 잘렸다.

아군은 부상자도 별로 없었다.

재수 없게 화살에 맞거나 낙마한 정도다.

보병도 괜히 눈먼 검에 맞아 널브러진 자들이 있었으나, 신성한 오라 안에서 빠르게 회복했다.

부상당해도 회복하는 군대는 괴물이 따로 없었다.

지금도 이 정도 위력인데, 신성한 오라가 레벨 10에 이르면 버서커에 준하는 군대가 탄생할지 몰랐다.

털썩!

아론의 눈앞에 도적단 부두목이 끌려왔다.

"네놈 이름이 브랑켄인가."

"그, 그걸 어찌 아셨습니까?"

"여신께서 계시하셨다."

"……."

도적단 내부가 술렁거렸다.

아론은 디펜스 워를 플레이하며 알게 된 정보를 분 것뿐이었지만, 사람들의 눈에는 말도 안 되는 기적처럼 보일 것이다.

"너희들의 두목인 가이든은 새로운 왕국을 건설할 꿈을 꾸었다. 알고 있었나."

"……이제 놀랍지도 않군요. 맞습니다."

"어찌 힘없는 양민들을 끌어들여 이용했나. 그것은 중죄다."

"……죄송합니다."

"두목이 감언이설로 꼬드겼겠지. 그 꾐에 넘어간 것은 죄이지만 씻지 못할 정도는 아니다. 노동 교화형을 받고 평민이 될 자격을 주겠다. 어쩌겠나?"

"거부하면 어찌 되는 것입니까?"

"지옥에 떨어진다."

쉽게 말해 죽는다는 뜻이다.

아론은 신성 군주였기에 모든 일을 신앙에 입각해야 했다.

쿵!

브랑켄이 바닥에 머리를 처박았다.

"신성 군주를 따르겠습니다!"

"안내하라."

"예?"

"너희들의 규모가 2,500명쯤 될 것이다. 본거지가 있지 않나?"

브랑켄의 눈동자가 사정없이 흔들렸다.

모두 아론을 괴물 보듯 했다.

타인은 알 수 없는 정보가 쏟아지고 있었기 때문이다.

'뭐지? 예지 능력이라도 있나?'

아무것도 모르는 브랑켄의 입장에서는 그런 생각이 들 수밖에 없었다.

도적단 본거지로 향하는 중에 피해 상황이 집계됐다.

"주군, 완승입니다. 경상자가 몇 있었지만 회복했습니다."

"당연히 그래야지. 고작 도적 따위에 당해서야 쓰나."

"도적의 피해는 사망 135명에 중상 15명입니다. 경상자들은 곧 회복할 것 같습니다."

그 짧은 시간에 발생한 피해치고는 컸다.

어쩔 수가 없는 일.

도적단이 정규군 훈련을 받았다면 피해가 적었겠지만, 우왕좌왕하다 더 큰 피해를 입었다.

살아남은 350명은 줄줄이 오라에 묶였다.

포승줄이 모자라 일부는 팔목만 묶인 채 이동해야 했다.

“감시를 철저히 하도록.”

“예, 주군!”

마이어 경이 물러가자 랭파인 공작이 다가왔다.

그의 표정은 복잡 미묘했다.

아론은 도적이 어디로 쳐들어올지 예측하고 피해 없이 쓸어버렸으며 흡수까지 해 버렸다.

이건 도저히 인간이 할 수 있는 발상이 아니었다.

“오라클 공작님.”

“예.”

“대체 도적들 중 노약자가 있다는 사실은 어찌 아셨습니까?”

“계시입니다.”

“계시라…….”

“여신께서는 도적단의 규모, 움직임, 본거지의 위치까지 정확하게 알려 주셨습니다.”

“허어.”

랭파인 공작의 표정이 더욱 복잡해졌다.

인간은 자신이 이해할 수 없는 상황에 맞닥뜨렸을 때 두려워한다.

아론이 미래를 예지했다면 더욱 무서운 적일 수밖에 없는 것이다.

여기에 초자연적인 신의 존재가 더해진다면?

'정말로 계시를 받았나?'

뭐가 어떻게 된 일이건 아론이 미래를 보는 것은 사실이었다.

랭파인 공작은 식은땀마저 흘렸다.

"데스 나이트가 지옥의 군단을 이끌고 온다는 것은 거짓이 아니겠군요."

"금방 들통날 거짓말을 하겠습니까?"

"이것 참. 뭐라고 해야 할지 모르겠습니다."

"복잡하게 생각하실 것 없습니다. 우리는 공통의 적을 두고 있고, 반드시 막아야 멸망하지 않죠."

"……전투를 하기 전에 합동 훈련을 하는 것이 어떻습니까?"

"좋습니다. 그때까지 전략을 짜도록 하죠."

임시 동맹이 맺어졌다.

랭파인 공작의 입장에서는 아론의 신기(?)를 보고 거절한다는 선택은 결코 내릴 수가 없었다.

바르다힌 남동쪽 바스칼 요새.

세상이 망하기 전에는 꽤 중요한 요충지였으나 지금은

완전히 무너져 형체도 찾아볼 수 없었다.

그렇게 버려진 요새를 어설프게나마 복원한 세력이 바로 가이든 도적단이었다.

석축이 아닌 목책 수준이었지만, 요새의 원형이 남아 있어 효율적으로 마물을 막아 왔던 것으로 보였다.

신성 보호막이 퍼져 나간 후에는 더욱 마물을 막기가 수월해졌다.

근처에서 북쪽으로 올라가는 난민을 무차별적으로 흡수해 규모를 늘려 갔으니, 이대로 놈들을 두었다면 골칫덩이가 됐을 것이다.

아론은 미리 퀘스트를 수행하는 것도 가능하다는 사실을 알아냈다.

'게임과 현실은 분명한 차이가 있다. 시스템이 적용되긴 해도 완벽하지는 않아.'

그 차이를 이용해 신비 스킬을 얻었다.

미래에 꽤 강력한 적으로 성장할 도적단도 미리 토벌할 수 있었으니, 난이도가 조금은 떨어질 것이다.

요새 앞.

노인과 소년으로 이루어진 자경대가 성벽을 지키고 있었다.

"우리는 패배했다! 문을 열어라!"

"하, 하지만."

"신성 군주께서는 우리를 교화시켜 영지민으로 받아들이겠다고 하시었다."

부두목이 쩌렁쩌렁하게 소리를 지르니 힘없는 노약자들은 명령에 따를 수밖에 없었다.

끼기기긱!

나무로 만들어진 성문이 열렸다.

목책에 불과했지만, 제법 촘촘했고 화공에 대비해 양동이에 물을 채워 두었다.

이들이 항복을 거부하고 싸웠다면 제법 피해가 있었을 것이다.

웅성웅성.

아론은 당당하게 정문으로 입성했다.

요새에 남아 있는 자들은 여자와 노인, 소년, 아이가 주를 이뤘다.

청년은 보이지 않았고 간간이 장년들이 보일 뿐이었다.

얼마나 오랫동안 굶었는지 꾀죄죄한 몰골에 당장 쓰러질 것 같은 자들이 많았다.

아론은 한숨을 내쉬었다.

"너희는 욕심의 희생자들이다."

"……."

"소문을 따라 오라클 영지로 향하다 잡힌 자들이 대부분일 터. 가이든이 무슨 말을 했든 거짓이다. 잘 먹고 잘 살게

해 주겠다고? 지금 너희 꼴을 봐라."
사람들은 고개를 떨어뜨렸다.
본인들이 생각해 봐도 이건 사람 사는 꼴이 아니었다.
어쩔 수 없는 상황에서 흘러든 자들이 대부분이었다.
아론 역시 당장 이들을 영지민으로 편입하고 싶었지만, 그래서야 영지 내부에서 반발만 일어날 뿐이다.
"속아서 도적이 되었으나 그 죄가 없는 것은 아니다. 형평성 문제도 있지. 직접 도적질에 관여하지 않은 자들은 노동 2년에 처하며, 도적질에 가담한 자들은 5년으로 한다. 어차피 영지로 돌아가면 일을 해야 하니 무거운 형벌은 아닐 것이다."
"감사합니다, 영주님!"
"감사합니다!"
모든 사람들이 무릎을 꿇었다.
마무리는 제법 훈훈했다.
하지만 아론에게는 아직 할 일이 남아 있었다.
애초에 도적을 토벌하겠다고 나선 것은 이곳에 처박혀 있는 스킬을 얻기 위해서였다.
'고생했으면 보상을 받아야지.'

제5장
레어 스킬

요새 지하.

가이든은 도적질을 해서 모은 재화를 이곳에 쌓아 두었다고 한다.

아론은 이들이 얼마나 많은 재화를 저장해 두었는지 확인해 보기로 했다.

저벅. 저벅.

어둡고 적막한 분위기.

습기와 함께 퀴퀴한 냄새가 진동했다.

감옥 곳곳에 갇힌 사람들이 꽤 있었다.

"브랑켄, 이곳에 왜 사람들이 갇혀 있나?"

"끝까지 도적단에 편입되길 거부한 자들입니다. 특별 관리 대상으로 가둔 것이지요."

"어리석군."

"죄, 죄송합니다."

"수감된 자들과 그 가족들은 바로 영지민으로 편입시키도록 한다."

감옥에 갇힌 죄수들이 풀려났다.

얼마나 굶겼는지 아사한 자들도 있었고, 운이 좋아 살아남은 사람도 뼈와 가죽만 남았다.

당장은 노동력으로 사용할 수 없겠지만, 노약자를 버리면 신정 일치가 흔들리게 된다.

최소 한 달은 요양시켜 정상적으로 활동하게 만드는 수밖에 없었다.

아론은 재화를 모아 두었다는 감옥의 끝에 도착했다.

횃불을 비추자 금과 은, 미술품이 쌓여 있었다.

엄청난 양이라고는 할 수 없지만, 그럭저럭 소모품 상자를 구매할 정도는 됐다.

이것도 성과라면 성과였다.

아론은 재화를 밖으로 빼라고 명령을 내리면서도 혀를 차는 것을 잊지 않았다.

"금은보화를 쌓아 놓은 이유가 뭔가."

"언젠가는 판매할 수 있다는 생각 때문이었습니다."

"네가 보기엔 가능할 것 같나?"

"……불가능해 보입니다."

세계의 모든 군주가 각자도생하는 세상이었다.

교역 따위는 이제 존재하지 않는다.

이런 환경에서 금은보화가 무슨 역할을 할까.

아론은 소모품 상자로 교환할 수 있었기에 쓸모가 있다지만, 다른 사람들에게는 쓰레기만도 못한 가치일 것이다.

도적들의 욕심에 애먼 사람들만 잡은 꼴이다.

재화 사이로 식량은 별로 보이지 않았다.

하긴, 식량이 넘쳐났다면 도적단에 속한 노약자들이 그토록 굶주리진 않았을 것이다.

아론은 한참을 뒤적거린 끝에 나무 상자를 발견했다.

[기본 검술 숙련]

"……!"

굉장히 두꺼운 검술서였다.

일종의 스킬 북으로 디펜스 워에서는 어마어마한 가격에 거래됐었다.

기본 검술 숙련

1레벨 마스터 패시브.

세상의 모든 검술을 종합한 기본기를 마스터한다.

'엄청난 혜자 스킬이다.'

아론은 무표정을 유지했지만 속으로는 쾌재를 불렀다.

지금 그는 힘을 기반으로 한 마구잡이 검술을 구사하고 있었다.

퍼포먼스 때문에 강해 보이는 것이지, 기본 검술에 대해서는 문외한이나 다름없었다.

성기사 수련을 해 왔기에 몸이 기억하고 있는 검술은 있지만, 엄연히 말해 그것은 정통이 아니었다.

기본 검술 숙련은 기사들이 배우는 기본기를 완벽하게 깨우치는 것으로, 이것을 익히는 것만으로도 한 단계 발전할 것이다.

[기본 검술 숙련을 마스터했습니다.]

스킬을 익히자 머릿속에 수많은 지식이 각인되었다.

온몸을 휘감는 신비한 감각.

이제 기사들과 대련해도 밀리지 않을 것이다.

'액티브 스킬이 아닌 것이 아쉽지만 언젠가는 구해서 익혀야 한다.'

이것으로 됐다.

보너스 퀘스트에서 레어 스킬을 얻었으니 득템이었다.

아론은 모든 식량을 털어 사람들을 배불리 먹였다.

바르다힌 시까지는 먼 거리가 아니었지만, 이대로 행군을 시켰다간 다들 쓰러져 죽을 것 같았다.

식사 후에는 느릿느릿한 속도로 북진했다.

가끔 나타나는 마물 따위는 경기병을 출격시켜 쓸어버렸다.

언제고 영내의 몬스터는 처리해야 했기에 이번 기회에 넓은 범위에서 토벌을 겸한 것이다.

"오라클 공작."

"하실 말씀이 있습니까?"

랭파인 공작이 다가와 말 머리를 나란히 했다.

아론은 때가 왔음을 인지했다.

랭파인의 의도는 오라클 영지군의 전력을 파악하기 위함이었겠지만, '예지'가 완벽하게 먹혀들어 가는 것을 보며 임시 동맹을 맺을 생각을 굳혔던 것이다.

"임시 동맹을 맺겠습니다."

"잘 생각하셨습니다. 이런 때일수록 도와야지요."

"허나, 위기를 넘기고 나서가 걱정입니다. 우리가 그때도 친구가 될 수 있을까요?"

"그건 알 수 없지요. 저는 철저하게 여신의 뜻에 따라 움직입니다."

아론은 쓸데없는 발언을 삼갔다.

임시 동맹이 깨진 후 친구로 지내는 것?

말도 안 된다.

높은 확률로 랭파인 공작과 전쟁을 벌이게 될 것이다.

아론의 입장에서는 감언이설로 좋은 관계가 될 것이란 말을 할 필요가 없었다.

랭파인 공작도 그걸 느끼고 있을 터였다.

지금 당장 적개심을 드러낼 필요는 없기에 서로 필요한 질문만 했다.

"신성 군주께서는 대륙의 미래를 어찌 보십니까?"

"반드시 멸망합니다."

"누구도 살아남을 수 없다는 말씀입니까?"

"인간은 오직 여신의 가호를 받은 땅에서만 생존할 수 있습니다. 이건 예지가 아니더라도 알 수 있지요."

"……."

아론의 발언은 많은 가능성을 암시하고 있었다.

전쟁을 예시함과 동시에 신성 보호막 안에서는 생존이 결코 불가능함을.

랭파인 공작은 꽤 충격을 받은 표정이었다.

"지옥의 군대만 몰아낸다고 끝이 아니군요."

"멸망은 시작일 뿐입니다. 지금까지야 잘 버텨 내는 영지가 있지만, 더 강력한 적이 등장하면 막을 수 있겠습니까?"

랭파인 공작은 자신도 모르게 고개를 저었다.

지금도 막기가 벅찬데 지옥의 군대를 뛰어넘는 괴물이 대륙을 덮치기 시작하면 살아남을 수 없을 것이다.

공작은 한숨을 내쉬며 자신의 자리로 돌아갔다.

'운이 좋으면 랭파인 영지를 평화 통일(?)할 수 있을지도 모르지.'

어떤 방식으로든 랭파인 영지와는 부딪치게 되어 있다.

가능하면 랭파인 공작도 휘하로 들어와 주길 바랄 뿐.

아론은 그에 대한 정보를 떠올렸다.

[랭파인 공작은 매우 유니크한 인재다. 제국 소속이기에 귀족으로서의 자존심도 있고, 이성적인 판단을 내릴 가능성이 높다.]

[다른 NPC와 달리 성향이 고정되어 있으며, 외골수라 설득하기 쉽지 않다.]

[온갖 수단을 사용해 랭파인 공작을 휘하로 두게 된다면 영토 관리를 시키면 된다. 국토부 장관 비슷한 직위를 주어 굴려라.]

이 시대에 국토부란 매우 생소한 보직일 것이다.

하지만 아론은 황폐화된 땅이 가득한 세상에서 이 능력이 얼마나 중요한지 잘 알고 있었다.

다음 날 오전.

아론은 반투명한 창을 통해 시간이 2주도 채 남지 않았음을 확인하며 잠에서 깨어났다.

"하……."

하루도 편할 날이 없는 압박감은, 마치 언제 죽을지 정해진 채로 살아가는 것과 같다.

데스 나이트의 등장이 얼마나 큰 충격을 주는지 경험으로 알고 있었기에 더 그런 생각이 드는지도 몰랐다.

그래도 이번에는 호재가 꽤 있었다.

"랭파인 공작과 신비 스킬."

제국의 거대 세력과 임시 동맹을 맺어 공동 전선을 편다.

어떤 식으로 군을 운용하느냐에 따라 손실률이 달라질 것이다.

아론이 얻은 스킬로 빠르게 데스 나이트를 제거할수록 보상 역시 많이 받는다.

잘하면 이번 기회에 '소환령'을 얻을지도 모른다.

촤륵!

아론은 커튼을 치고 테라스로 나왔다.

바람이 굉장히 차갑다.

북방의 겨울은 빨랐기에 새벽에는 영하로 떨어진다.

데스 나이트와 싸울 때가 되면 눈이 내릴지도 몰랐다.

'가정할 수 있는 최악의 상황이지.'

병법서에서 겨울 전투를 꺼리는 이유가 분명히 있었다.

이곳이 디펜스 워의 세상이라는 것을 생각하면 함박눈이 쌓일 가능성도 배제할 수 없는 것이다.

아론은 고개를 흔들고 테라스 밖을 살폈다.

긴 잠에서 깨어나 움직이는 도시의 아침.

백성들은 각자 할당된 일을 찾아 이동했다.

언제나 마찬가지로 바빴지만, 예전에 비하면 활동량이 줄었다.

'좋지 않은데.'

"주군."

아론이 생각에 잠겨 있을 때, 에리아 경이 보고를 위해 찾아왔다.

그녀는 밤새도록 랭파인 공작을 감시했다.

한숨도 자지 못하고 일했을 것이다.

"공작은 별다른 움직임이 없었나."

"밤에 병영이 어떻게 돌아가고 있는지 확인하기 위해 휘하 기사를 풀어 감시했습니다."

"미래에 적이 될 수 있다는 불안감 때문이겠지."

"맞습니다."

랭파인 공작은 아론과 손을 잡으면서도 머지않아 전쟁을 해야 할지도 모른다는 생각을 가졌다.

그건 아론도 마찬가지였다.

제국 3대 공작이라는 사람이 그리 쉽게 휘하로 들어올 것 같지는 않다.

"지옥의 군대를 맞이하여 랭파인 공작의 군대가 반 이상으로 깎여 나간다면 우리 휘하로 들어올 가능성이 있다."

"그 지경이 되면 되레 원망하지 않겠습니까?"

"그리 생각하지 않게끔 하는 것이 전략이지."

"과연……."

"그건 그렇고."

아론은 몸을 돌렸다.

랭파인 공작을 감시하는 것도 좋지만 영내에 당면한 문제를 해결해야 했다.

다른 사람의 눈에는 영지가 아무 문제없이 돌아가고 있는 것처럼 보이지만, 별의별 일을 다 겪어 봤던 아론의 눈에는 그렇지 않았다.

"슬슬 영지민들의 의욕이 떨어지고 있는 것이 보인다. 이는 생산성의 저하로 이어지겠지."

"……민중이란 어리석은 존재입니다. 지금 누리고 있는 것을 생각하지 않고 더 많은 것을 바라지요."

"인간이 가진 속성일 뿐이다. 앉으면 눕고 싶은 것이 사람의 본성이지 않나. 무임금으로 이만큼 부려 먹었으면 됐다."

"처방이 필요하겠군요."

"방법이 없겠나?"

"……."

에리아 경은 생각에 잠겼다.

영지는 생기를 잃어 가고 있었다.

인간은 자극에 익숙해진다.

백성들이 신앙을 잃고 갑자기 파업을 하진 않겠지만, 예전 같은 움직임을 보여 주진 못한다.

여신을 위한다는 명목은 너무 많이 써먹었다.

다른 불씨가 필요한 때였다.

"주군의 업적을 홍보하고 미래를 보여 주는 것이 좋겠습니다."

"업적을 홍보하는 것과 미래를 보여 주는 것에 무슨 관계가 있나?"

"관계가 깊습니다."

에리아 경이 무슨 수를 낼지는 전혀 감이 잡히지 않았다.

하지만.

지금껏 그녀는 항상 뛰어난 면모를 보여 주었으므로 이번 일도 올바른 방향으로 처리해 줄 것이다.

"생각대로 추진하도록."

"감사합니다."

아론은 돌아서는 그녀의 눈빛에서 광기를 읽었다.

과잉 충성에서 비롯된 감정.

'뭐, 상관없겠지. 충성을 다하겠다는데.'

바르다힌 시 연무장.

아론은 오전에 대련 일정을 잡아 두었다.

'기본 검술' 패시브를 얻었으니 얼마나 큰 효과가 있는지 확인해 보기 위함이었다.

군주와 기사들의 대련이야 항상 있는 일이었으니 별 특별한 행사도 아니었지만 오늘은 좀 달랐다.

[신성 군주께서 은사를 받으셨다.]

[보이지 않는 검이 적을 가르니 불패의 역사가 시작될 것이다.]

[제국조차 발아래 있으니 신성 제국이 머지않았다.]

[신성 군주께서는 모든 것을 아신다. '예지'의 능력으로 세상을 지배하게 될 것이다.]

[베론 왕국의 군주들은 신성 군주의 등장에 숨을 죽였다.]

"……."

여기까지 오는 동안 온갖 소문들이 다 들렸다.

세상을 지배할 것이라느니, 제국이 무릎을 꿇었다느니 하는 허황된 소문도 있었다.

불과 몇 시간 만에 만들어진 이야기라고는 믿을 수가 없을 정도였다.

'거의 프로파간다잖아?'

아론의 이마에 식은땀이 흘렀다.

거짓과 선동의 대명사.

아론의 업적을 홍보한다기에 알아서 하라 했더니 말도 안 되는 이야기로 백성을 선동하고 있었다.

문제는 이런 선동이 잘 먹히고 있다는 것이다.

먼저 백성들의 움직임이 달라졌다.

'여신의 나라' 가 세워진다는 소문에 더욱 열심이었다.

몇 가지 정보는 사실이지만 심하게 부풀려져 얼굴이 다 화끈거렸다.

제국 일부를 점령한 것은 곧 제국 전체가 무릎 꿇을 것이라는 말로 둔갑되었고, 어제 보여 주었던 신비 스킬은 여신의 은사가 됐다.

프로파간다에 홀렸는지 연무장 주변에는 일반 백성까지 모였다.

"에리아 경, 이건 너무 심한 것 아니냐?"

"전혀 그렇지 않습니다. 지금껏 주군께서 보여 주셨던 능력과 업적은 인간이 할 수 없는 일이었으니까요."

아론은 뭐라고 더 하려다 입을 닫았다.

눈을 반짝이며 등장한 랭파인 공작이 가장 좋은 자리에 앉아 부담스럽게 바라보고 있었기 때문이다.

아론은 울며 겨자 먹기로 검을 들었다.

"마이어, 칼슨, 말도르 경. 한꺼번에 덤벼라."

지명을 받은 기사들이 앞으로 나왔다.

마이어와 칼슨은 매우 진지한 자세였지만, 말도르 경은 죽는소리를 했다.

"주군! 겨우 세 명으로 대련이 될지 모르겠습니다."

"……가볍게 하는 것이지."

"하하하! 맞습니다!"

영지 최고의 기사 셋과 한꺼번에 치르는 대련.

검술 스킬을 얻기 전에는 생각도 할 수 없었던 일이다.

군대와 백성의 충성심을 끌어올리기 위한 퍼포먼스라면, 신앙으로 얼버무리는 편이 가장 효율이 좋았다.

하지만 아론은 확신했다.

'검술 숙련과 막강한 힘, 신비 스킬이라면 반드시 이긴다.'

모든 버프를 걸어 대면 꼴이 우스웠기에 힘 버프만 걸었다.

'스트롱.'

[4분간 힘이 250% 증가합니다.]

몸 깊은 곳에서 끓어오르는 강력한 힘.

장비는 성유물 하나만 사용한다.

주변을 꽉 채울 정도로 많은 구경꾼이 모인 가운데, 말도르 경이 쩌렁쩌렁하게 외친 후 달려들었다.

"한 수 부탁드립니다, 주군!"

"와라."

파바밧!

말도르는 멧돼지처럼 달려들었다.

단순히 힘만 앞세웠다는 뜻이 아니다.

강력한 기세에 스텝 하나조차 변화무쌍했다.

말도르 카브란은 정식 기사 작위를 받은 상태에서 성기사가 된 만큼 기본기가 탄탄했다.

전에는 그 속도를 눈으로 좇기도 어려웠겠지만, 이제는 움직임이 훤하게 보였다.

'검술 숙련 스킬은 과학적인 검술 기본기에 가깝다. 모든 약점을 보완했다는 뜻이지.'

쩌저정!

사방으로 퍼지는 금속의 울림.

아론은 강력한 힘으로 말도르의 검을 쳐 냈다.

그의 몸이 사정없이 휘청거렸다.

"저희도 갑니다!"

이번에는 마이어와 칼슨이 동시에 달려들었다.

마이어 경은 묵직한 중검이며, 칼슨 경은 가벼운 쾌검이었다.

숙련된 두 기사는 오랜 시간 합을 맞춰 온 만큼 하나의 적을 어떤 식으로 상대해야 하는지 잘 알았다.

두 개의 검이 교차하는 순간.

콰광!

아론은 교차되는 검의 옆면을 강하게 때렸다.

그들의 몸이 휘청거리다 서로 부딪쳤다.

"와아아아!"

단숨에 터지는 함성.

세 명의 기사가 한꺼번에 덤볐음에도 아론의 옷깃조차 스치지 못했던 것이다.

하지만 구경꾼보다 더 놀란 것은 아론 본인이었다.

'이게 되네.'

전력을 다하지 않은 순수 검술.

목숨을 걸지 않았기에 가볍게 기예를 겨루는 것이었고, 스킬로 각인된 아론의 움직임은 기계처럼 정확했다.

도적단을 토벌하며 얻은 레어 스킬은 검술의 기량을 전체적으로 올려 주었다.

기사들이 움직이기 전, 아론이 먼저 움직였다.

파바밧!

깜짝 놀란 말도르가 검을 휘둘렀다.

궤적이 뻔하게 보여 가볍게 피해 냈다.

그리고 가볍게 몸통 박치기.

퍼억!

"헉!"

아론의 기준에서 가볍다는 것이지, 힘 스킬을 두 개나 보유하고 있었기에 말도르의 몸은 바닥을 데굴데굴 굴렀다.

마이어와 칼슨 역시 질 수 없다는 듯 달려들었다.

아론은 1cm도 되지 않는 오차로 피해 가며 그들의 자세를 무너뜨렸다.

"헛!?"

"와, 이건 대체 무슨 검술인데요?"

"와아아아!"

화려한 기예에 구경꾼만 신났다.

아론은 기본기만으로 기사들을 압도했다.

연무장은 광란의 도가니였다.

아론 오라클이 기사 셋을 호명했을 때, 어느 정도 예상했지만 정말로 그들을 압도하고 있는 것이다.

랭파인 공작은 가볍게 장난하듯 기본기만으로 세 명의 기사를 농락하고 있는 아론 오라클을 보며 식은땀을 흘렸다.

"이게 말이 되나."

"괴물이 따로 없습니다."

랭파인의 뇌리에는 아론 오라클이 도적을 베어 내는 모습이 선명하게 남아 있었다.

순간 이동을 하는 것은 물론, 하늘을 날아다니며 지휘관의 목을 베던 광경.

돌이켜 보니 부두목을 죽이지 않은 것은 실수가 아니었다.

'도적 출신을 통제할 수 있는 사람이 필요해 부두목만 죽이지 않았던 거다.'

여기까지 생각이 미치자 더욱 놀라웠다.

팟! 팟!

아론 오라클의 움직임은 머리칼이 살짝 잘려 나갈 정도로 아슬아슬했다.

세 명의 기사와 한꺼번에 대련하고 있었기에 불가피한 일이었겠지만, 보는 사람이 다 긴장될 지경이었다.

이런 상황에도 오라클 영지 사람들은 아무렇지도 않게 경기를 관전했다.

당연히 여신의 가호를 받는 군주가 패할 리 없다는 믿음 때문이었다.

랭파인이 기사 출신 참모에게 물었다.

"락토 경, 오라클 공작의 움직임을 어떻게 보나?"

"너무 정확해서 소름이 다 돋을 지경입니다."

"세상에 저런 검술도 있었나? 어떻게든 분석을 해 봐야지."

"외람되지만……. 저건 검술이 아닙니다."

"검술이 아니야?"
"검술에 입문하면 누구나 배우는 기본기에 불과하지요. 하지만 그 어떤 검술 장인도 저런 식으로 검을 쓰진 못할 겁니다."
"기본기가 탄탄하다는 건가."
"탄탄한 정도가 아니지요. 숙련된 기사 셋을 단순한 움직임만으로 압도하는 기예는 검성이 살아 돌아와도 어렵습니다."
"허어."
'개인적인 무력이 강하다고 전장을 압도할 수 있는 것은 아니지만, 그런 괴물이 군주라면 전세에 강한 영향을 미칠 것이다.'

퍼억! 퍼억!
아론은 계속해서 기사들을 다운시켰다.
위험했던 순간도 있었지만, 상대방의 움직임이 훤히 보이고 예측까지 할 수 있었기에 삼 대 일의 대련이 가능한 듯했다.
기사들은 바닥을 뒹굴며 검을 내려놓았다.
"졌습니다."
"역시 주군이십니다! 아침 운동을 제대로 했군요."
말도르 경은 일어나서 스트레칭을 했다.

가볍게 대련한 것이기에 다친 사람은 없었다.

기사들은 바닥을 뒹군 걸 별로 대수롭지 않다고 여겼다.

여신의 가호를 받는 군주를 상대로 승리하는 것이 오히려 이상한 일이다.

칼슨 경 역시 일어나며 환하게 웃었다.

“언제 또 가르침을 주시죠.”

“얼마든지.”

예전 같았으면 할 수 없었던 약속이다.

제대로 된 스킬도 없는 아론이 기사들을 가르친답시고 대련했다면 밑바닥이 금방 드러났을 것이다.

하지만 이제는 달랐다.

‘대련을 많이 하다 보면 숙련도가 올라갈 거야.’

아론은 앞으로도 종종 기사들을 불러 대련할 생각이었다.

마이어 경 역시 희미하게 웃으며 말했다.

“일취월장하신 것 같습니다.”

“운이 좋았지.”

“당연하다면 당연한 일이겠지요.”

마이어 경은 뭔가 또 단단히 오해한 것 같았다.

다른 기사들은 이것을 여신의 가호라고 여겼지만, 남들과 생각하는 회로가 다른 마이어 경은 아론이 신비한 능력을 하나 더 얻었다고 생각했다.

이번에는 지금껏 눈을 부릅뜨며 구경하고 있던 랭파인 공작이 다가왔다.

"정말 인상 깊었습니다. 나중에 시간 되시면 제게도 한 수 부탁드립니다."

"동맹의 군주라면 마땅히 그리할 겁니다."

정오가 지날 무렵.

아론은 호위병을 꾸려 배웅을 나갔다.

영내에서 사고가 발생하면 임시 동맹이 무너질 수 있었기에 국경까지는 랭파인 공작을 데려다주는 것이 맞았다.

정치적인 판단이지만 예의가 오갔다.

"이렇게 신경 써 주셔서 감사합니다."

"별말씀을. 임시라는 딱지가 붙어도 동맹인데 당연한 일입니다."

"허허."

아론은 임시 딱지를 강조했다.

랭파인이 불편해해도 어쩔 수가 없다.

신성 보호막은 팽창하는 중이었고, 데스 나이트를 죽이고 나면 랭파인 공작의 영토를 침범한다.

빈말이라도 동맹이 영원하다 갈할 수가 없는 입장이었다.

랭파인 공작은 다르게 받아들인 모양이었지만.

"진심으로 귀하와는 전쟁을 하고 싶지 않군요."

"저도 마찬가지입니다."

"떠나기 전에 한 가지만 물어도 되겠습니까? 민감한 질문이 될 수도 있겠군요."

"제가 답할 수 있는 것이라면 얼마든지."

랭파인 공작은 말을 멈추었다.

곧 있으면 국경.

검은 대지에 들어서는 것은 아론도 원치 않았으므로 한적한 나무 아래로 이동했다.

랭파인 공작은 휘하의 참모들에게 대기하라고 명령했다.

아론도 기사들과 병력을 떨어뜨렸다.

"오라클 공작께서는 제국의 상황을 얼마나 알고 계십니까?"

"제국의 상황이라……. 수도가 멸망하고 황제가 서거했다는 말은 들었습니다. 공식적으로 제국은 멸망한 것이지요."

"하지만 모든 황족이 죽은 것은 아닙니다. 두 명의 황자가 제국을 다시 건설하려 하고 있지요."

"그렇습니까?"

아론도 알고는 있었지만 우선은 모르는 척했다.

이렇게 말하는 공작의 의도를 알 수 없었기 때문이다.

현재 제국의 내부는 엉망진창이었다.

[그레이븐 제국은 분열됐고, 힘이 약한 영주들은 악신의 군대에 영지가 멸망하는 것을 지켜봐야만 했다.]

[군사력이 강한 귀족들은 살아남았으며, 3황자와 4황자가 각각 제국 서부와 중부에서 세력을 모아 내전의 조짐을 보인다.]

[남부와 북부, 동부의 군주들은 각자의 왕국을 꿈꾼다.]

개판도 이런 개판이 없었다.

웨이브가 시도 때도 없이 일어나 인류 전체가 쓸려 나가고 있는 판국에 권력 다툼에 정신이 팔린 나라.

제국은 이리저리 부딪치다 자멸할 운명이었다.

"신제국이 형성된다면 제국의 군대가 귀하를 칠 수밖에 없을 겁니다."

"그렇겠지요."

"제국 전체와 싸울 각오가 되어 있습니까? 그때까지 영토를 확장하고 힘을 모을 수 있는지 묻고 싶습니다."

공작은 아론의 각오를 묻는 것이었다.

'제국의 멸망은 기정사실이다. 신제국이 형성되더라도 웨이브에 당할 수밖에 없지. 살아남더라도 나와 직접적으로 부딪치는 군대의 숫자는 많지 않을 거야.'

생각을 마친 아론은 즉답했다.

"여신께서 인도하신다면 어떤 군대도 오라클 영지를 침

범하지 못할 겁니다."

"개인적인 생각을 듣고 싶군요."

"저 역시 베론 왕국을 비롯한 제국 일부를 통합해 국가를 세울 것이니, 양측 군대가 맞닥뜨리게 되는 상황이 오면 비등하지 않을까 싶습니다."

"잘 알겠습니다."

랭파인 공작과의 대화는 이걸로 끝이었다.

그들은 다시 진군했고, 검은 대지 앞에서 멈추었다.

공작이 아론에게 손을 내밀었다.

"일주일 후에 뵙겠습니다."

"그때 만나서 어떤 식으로 적을 처리해야 할지 머리를 맞대도록 하죠."

"예."

일주일이면 머지않았다.

랭파인 공작은 영지에 도착하자마자 전쟁 준비를 해야 할 것이다.

영지로 복귀하는 길.

마이어와 칼슨 경은 아론이 랭파인과 나무 아래에서 무슨 이야기를 나누었는지 사뭇 궁금해했다.

"주군, 랭파인 공작과의 대화는 기밀입니까?"

"우리 사이에 기밀이 어디에 있나. 그는 내게 제국과 일전을 벌일 각오가 되어 있는지 물었다."

"……!"

마이어와 칼슨은 꽤나 놀랐다.

멸망해 가는 세상이라도 제국이라는 이름값이 있었기 때문이다.

"랭파인 공작이 그런 이야기는 왜 한 걸까요?"

"데스 나이트를 물리치고 난 후를 보는 것이지. 생존을 위해 내 휘하로 들어올지, 제국 귀족의 자존심을 끝까지 지킬지 고민에 들어갈 거다."

"제국 공작이 휘하로 들어오면 난리가 나겠습니다."

아론은 어깨를 으쓱였다.

"뭘. 똑같은 가신이 되는 것뿐이다. 가신단의 막내로서."

제6장
준비

아론은 가신단 회의를 구성했다.

가신들은 하던 일을 멈추고 회의실로 모였다.

중요한 의제가 결정될 것이 분명하였으므로 다들 진중한 표정이었다.

'이번 전투가 분기점이다.'

데스 나이트를 처리함으로써 초반이 끝난다.

새로운 시스템이 생길 뿐만 아니라 운신의 폭도 넓어진다.

운이 좋으면 랭파인 공작을 손에 넣을 수도 있었기에 작전을 어떻게 짜느냐에 따라 결과가 바뀐다.

"칼슨 경, 지도를 펴라."

"예, 주군!"

지도에는 제국과 국경이 맞닿아 있는 베야드 요새와 그 부근 지리가 자세하게 표시되어 있었다.

아론이 다음 웨이브 장소로 지정했던 곳이다.

데스 나이트와 지옥의 군단이 나타난다는 말도 넌지시 흘려왔던 만큼 다들 각오를 단단히 했다.

아론은 자리에서 일어나 국경 평야에 줄을 그었다.

"놈들이 처음 등장하는 장소이며 숫자는 5천을 헤아린다."

"……!"

웅성웅성.

잠시 소란이 일었다.

그럴 만도 했다.

얼마나 강할지 가늠도 되지 않는 괴물의 숫자가 5천이라는 말은 막기가 매우 버겁다는 뜻이다.

가신들은 어째서 아론이 랭파인 공작을 끌어들이려 하였는지 깨달았다.

영지의 병력은 7천.

이대로 지옥의 군단을 마주하면 어떻게 될까?

잘 막아도 병력의 30%는 날아갈 것이다.

운이 나쁘면 지옥의 군단을 감당하지 못하고 멸망할 수 있었다.

"놈들은 정예병 두 명이 붙어야 지옥의 군단병 하나를

상대할 수 있다. 게다가 몸에는 불까지 붙이고 다닌다."

"더럽게 까다롭군요."

"맞다."

가신 대표로 말도르 경이 심정을 표현했다.

아론은 빠른 속도로 발전해 왔고, 컴퓨터로 게임을 할 때보다도 일이 쉽게 풀렸지만, 여전히 난이도는 극악했다.

"다들 공성전이 될 것으로 예상하겠으나 데스 나이트를 먼저 처리하지 못한다면 성벽이 붕괴될 것이다. 놈은 기본적으로 땅에 지진을 일으키는 기술을 내장하고 있기 때문이지."

"허."

기사들은 사태의 심각성을 인지했다.

점입가경이라는 말이 딱 맞다.

지진을 일으키며 돌진하는 불의 군단.

이리저리 따져 봐도 손실은 불가피해 보였다.

"아군의 손실은 랭파인 공작이 대신 받아 주어야 한다."

"다 뜻이 있으셨군요."

"미래에 적이 될 병력이 자동으로 줄겠습니다."

"그런 의도가 크지."

이것이 아론의 내심이었다.

아군이 받을 피해를 미래의 적에게 강요한다.

최악의 경우에는 랭파인 공작의 군대가 전멸할 수 있지

만, 오라클 영지군이 날아가는 것보다는 훨씬 나은 결론이었다.

아론의 폭탄 발언에 긴장감이 꽉 들어찼다.

이쯤 되면 누구도 손쉽게 승리할 수 있다 장담하지 못한다.

“결국은 회전이다. 데스 나이트를 죽여야 농성에 들어갈 수 있을 거야.”

“가능하겠습니까?”

“적 정면에 랭파인 군대를 세운다. 우리는 서쪽에서 진군해 직접 데스 나이트를 타격해야겠지. 둘 중 어떤 역할을 맡을지 랭파인 공작에게 묻는다면 당연히 졸개를 맡으려 할 것이다.”

“일석이조의 계책입니다. 아군의 손실을 최소화하면서 랭파인 공작에게 제대로 피해를 강요할 수 있겠습니다.”

“맞다.”

기사들은 고개를 끄덕였다.

회의라는 말을 했지만 사실 아론이 짠 작전을 지휘관들이 숙지하는 시간이었다.

누구도 이보다 좋은 의견을 낼 수 없었다.

‘수없이 디펜스 워를 플레이했던 경험을 토대로 짠 작전이니 이견이 있을 수 없지.’

아론은 서쪽에 x표시를 두 개 했다.

"데스 나이트를 잡기 전, 방어 타워 두 개를 세운다. 전보다 발전된 형태의 신성탄이 발사되어 전투를 도울 것이다."

"계획은 완벽한 것 같습니다만, 저희가 할 일이 무엇입니까?"

"버티는 것."

데스 나이트 주변에도 지옥의 군단이 있다.

정면을 랭파인 공작이 막는 동안, 아군은 데스 나이트 친위대를 막아야 한다.

"중갑 기병을 최대로 늘리고 보병은 방패로 무장한다. 화살은 성수에 재어 둔 것을 사용할 것이다. 세이라?"

"네! 지금도 성수를 제작하고 있어요. 맡겨만 주세요."

"포션도 많아야겠지. 그랑칸 경, 몇 병이나 만들었나?"

"중급 포션이 300병 정도 됩니다."

"병사들을 20명씩 묶고 한 개 조에 포션을 한 병씩 지급한다."

"예, 주군."

소모품이 부족하긴 했다.

다만, 신전에서 전투 사제가 파견될 것이며, 아론의 오라도 있으니 어느 정도 벌충은 된다고 판단했다.

"일주일 안에 준비가 가능할지는 모르겠습니다."

레미나 경이 약간 떨리는 목소리로 물었다.

행정관인 그녀의 입장에서는 물자의 준비가 지옥일 것이다.

지금까지 쉬지 않고 대장간을 가동하고 있었지만, 앞으로 가해질 부하가 상당할 터였다.

노동력은 강제로 동원한다고 쳐도 원자재가 부족했다.

"어떻게든 해 봐야지."

"……최선을 다하겠습니다."

"마지막으로, 이번 작전의 핵심은 레냐가 될 거다."

"네!?"

회의에 참석한 이후로 가만히 앉아 있던 레냐 오라클은 아론의 지명에 깜짝 놀라 일어났다.

고작 열 살 아이의 모습이었으므로 잠깐 착각할 뻔했다.

그녀도 곧 성인이다.

'하여간 엄살은.'

"레냐, 프로즌 웨이브를 익혔지?"

"물론이에요."

"좀 더 연습해서 함께 적을 격파해 보자."

"맡겨 주세요!"

그녀는 마법에 대한 이야기가 나오자 눈빛이 변했다.

아론은 피식 웃은 후 회의를 종료했다.

"기사들은 병력 배치나 세부적인 작전에 대해 논의하고 최종 보고를 올리도록."

"예, 주군!"

아론 오라클은 영지를 시찰하러 나갔다.

영지의 생산력을 끌어 올려 초대한 준비를 마치기 위해서는 나름 바쁘게 움직여야 했기 때문이다.

기사들은 회의실에 남았다.

영주의 명령대로 병력 배치에 대해 논의하기 위해서다.

"최전방에는 제레미 경이, 중군은 바이렌 경이 맡고, 후방은 레미나 경이 맡는 것이 좋겠습니다."

"동의합니다."

사실 회의라고 할 것도 없었다.

대전략은 모두 짰기에 각자의 특성에 맞게 배치하면 됐다.

그보다 중요한 것은 데스 나이트를 격살하는 일이었다.

칼슨 네드반은 훤하게 미래가 그려지자 땅이 꺼져라 한숨을 쉬었다.

"아무리 말도르 경과 잭슨 경이 보조하고 후방에서 세이라 경이 대기한다지만, 데스 나이트를 주군 혼자서 처리한다는 것은 좀……."

"주군의 명령이다."

"어떤 괴물일지 모르잖아요?"

"칼슨 경, 그리 말하는 것은 불충이야."

마이어 제렌스가 칼슨을 타박했다.

이 자리의 누구도 데스 나이트와 일전을 벌여 승리할 수 있는 기사는 없었다.

마이어를 제외한 기사들은 그 점을 우려하는 것이다.

'주군께서는 육신을 입고 내려오신 신격이시다. 패배할 리 없지.'

여신 따위에게 자비를 바라는 것이 아니다.

지금까지 아론 오라클을 곁에서 지켜본 마이어 단장은 그가 인간이 아닐 것이라 생각했다.

최소한 데미갓, 혹은 신격.

"주군께서 계시를 받으셨으니 우리는 행할 뿐."

반대는 이것으로 그쳤다.

아론 오라클 공작이 불리할 때마다 여신을 들먹였듯, 마이어 제렌스도 여신의 이름으로 기사들의 입을 막았던 것이다.

효과는 직빵이었다.

'왜 주군께서 베일리의 사도를 참칭하는지 알겠군.'

아론은 레미나 경과 함께 영지 내부를 시찰했다.

어제까지만 해도 다소 힘이 빠져 보이던 영지민들이 다시 활기를 되찾았다.

외부에서 도적 출신 노동력이 공급되며, 계층이 나뉘어졌기 때문이다.

'백성들 가운데도 계층이 나뉘는 것은 그리 좋은 현상은

아니지만, 지금 시점에서는 어쩔 수가 없지.'

아무리 신앙 문명이라고 해도 인간은 자기보다 못한 처지를 보며 위안을 얻기 마련이다.

실로 편협한 생각이지만 현대 문명에도 그런 어리석은 자들이 많았다.

중세는 말할 필요도 없었고.

하지만 이 역시 오래가지는 못할 것이다.

'랭파인 공작령을 손에 넣게 되면 좀 더 활기가 생길 거야.'

영지를 한 바퀴 둘러본 그들은 공방에 이르렀다.

탕! 탕! 탕!

대장간에선 연신 불길이 뿜어지며, 망치질이 한창이었다.

아론이 나타나자 공방장 컬크가 인사를 나왔다.

"어서 오십시오, 영주님!"

"회의에서 결정된 내용은 전달받았을 것이다. 재료 수급에 문제가 심각한가?"

"……사실 그렇습니다. 지금도 신병들에게 나눠 줄 무구를 마련하느라 힘들 지경이지요. 인력이야 밤을 새워 가며 일하면 어떻게든 되지만, 원자재는 그렇지 않습니다."

"레미나 경은 어찌 생각하나? 명령을 수행하지 못할 지경인가?"

"죄송합니다."

레미나 경이 면목 없다는 듯 고개를 숙였다.

아론도 알고 있었다.

최근 들어 오라클 영지군은 급격하게 팽창했다.

병력이 7천에 달하게 되었으니, 그들에게 병장기를 보급하는 것만 해도 허리가 휠 것이다.

이 와중에 중갑 기병을 최대한 늘리고 방패병을 확대하라고 명령했으니, 원자재가 남아날 리 없었다.

"원자재 수급에 인력을 충원한다면?"

"나무는 그렇다 쳐도 철광석을 채굴하는 것에는 한계가 있습니다."

"이 세상은 마물의 침공으로 인구가 급감했다. 빈 마을이나 도시, 요새가 많으니 그곳에서 가져오면 안 되겠나?"

"괜찮을까요?"

"앞으로도 난민을 흡수할 수 있지만, 전체적인 인구 자체가 늘지는 않는다. 이번 위기를 넘기지 못하면 미래 따위는 없기도 하고."

"이해했습니다."

아론은 디펜스 워의 난이도를 생각하며 약간이라도 남아 있는 방심을 지워 버렸다.

불가능할 것 같은 수량을 어떻게든 맞추는 것이 클리어의 열쇠다.

고작 초반을 벗어나는 순간 죽을 수는 없었으므로 각 마을과 도시에 널려 있는 농기구라도 녹여 만들어야 했다.

"공방장, 농기구를 대량으로 들여올 것이다. 쇠붙이라면 무엇이라도 떼어 올 것이니 그런 조각을 모아 제작할 수 있겠나?"

"오히려 철광석을 재련하는 것보다 시간이 덜 들어서 좋습니다. 철광석은 공정이 한 번 더 들어가니 말입니다."

"구해 오겠다. 어떻게든 인력을 충원하라."

"예, 영주님."

공방의 각오는 확인했다.

밤을 새워서라도 만들 것이니 어떻게든 원자재만 수급을 해 오라고 말이다.

이제 영주인 아론이 극약 처방을 해야 할 때였다.

"레미나 경."

"예, 주군."

"정예병을 움직여 영내 빈 마을과 도시, 요새를 돌며 쇠붙이들을 모조리 긁어 와야 한다. 정 모자라면 성문의 경첩이라도 떼어 오도록."

"그런 각오라면 어떻게든 마련할 수 있을 것 같습니다."

이가 없으면 잇몸을 쓴다.

그것이 디펜스 워의 진리였는데 잠시 등한시하고 있었다.

아론에게 현실 감각이 돌아오자 이번 기회에 반드시 랭파인 공작을 손에 넣어야겠다는 생각을 했다.

'좋은 말로 구슬려 안 될 것 같으면 그들의 군대를 쓸어버려서라도 흡수한다. 안일한 생각은 버려야 살아남을 수 있어.'

영지 서쪽 베야드 요새.

아론은 며칠 전부터 이곳에서 정무를 처리했다.

디펜스 워 초반에서 볼 수 있는 최악의 적이 곧 등장하기에 정신을 다잡고 준비에 박차를 가했던 것이다.

휘이잉.

성벽으로 올라오자 새삼 바람이 싸늘하게 느껴졌다.

바야흐로 겨울이었다.

진눈깨비가 날리는 것을 보니 눈이 오려는 것 같았다.

'겨울 전투는 힘들지. 우리 측도 준비가 완벽하진 않다.'

동계 전투를 이어 나가기 위해서는 식량과 소모품 이외에도 피복이 따로 필요했다.

영지의 인구가 늘어난 만큼 백성들에게 지어 입힐 옷도 부족한 판국이었다.

이런 와중에 병사들에게 두툼한 내피를 지급하려니, 가뜩이나 부족한 물자가 바닥을 드러냈다.

"전투가 벌어지기 하루 전에는 어떻게든 지급할 수 있을 거야."

랭파인 공작이 떠나고 10일 동안 난리도 그런 난리가 없었다.

아론이 요구한 물량을 맞추기 위해 전 병력과 영지민이 동원되어 멸망한 마을과 도시를 뒤적거리며 파밍했다.

각 가정에서 사용하던 농기구와 가재도구, 건물의 쇠붙이까지 털어 무구를 생산했고 면직물이란 면직물은 모조리 가져와 방한복으로 재탄생했다.

레냐가 개발한 방적기가 아니었다면 결코 제시간에 방한복이 지급되지 못했을 것이다.

지금 이 시간에도 아낙들은 각지에서 주워 온 옷감의 올을 풀어 군수 물자를 제작하고 있었으니 모든 물자가 태부족이었다.

"목표에는 도달하지 못했지만, 이 정도면 상상 이상의 결과를 낸 것이다."

노력의 결과로 중갑 기병 500기와 방패병 1천을 완성했다.

전 병력에 활을 하나씩 보급하기까지 했으니, 지난 10일의 기간은 눈물겨운 투쟁의 역사였다.

갖은 고생을 하고 나서야 아론은 다시 깨달았다.

주어진 인적, 물적 자원을 최대한 짜내지 않으면 결코 다음 웨이브를 막아 낼 수 없다는 사실을 말이다.

잠시 일이 쉽게 풀리면서 방심했지만, 다시금 마음을 다잡는 계기가 됐다.

[91:44:21]

눈을 뜨면 반투명한 타이머가 보인다.

앞으로 대략 4일.

계획대로면 랭파인 공작은 3일 전에 도착해 함께 작전을 짜고 합동 군사 훈련을 해야 했지만 늦어지고 있었다.

서신을 보내면 돌아오는 답은 한결같았다.

[물자가 너무 부족합니다. 어떻게든 마련해 가겠으니 기다려 주십시오.]

랭파인 공작이 약속을 어길 거란 생각은 하지 않았다.

그는 이성적인 군주였으니, 아론이 지옥의 군단을 막지 못하면 어떤 일이 벌어질지 잘 알고 있었다.

아론이 깊은 생각에 잠겨 있을 때, 멀리서 군대가 접근했다.

랭파인 공작의 깃발이었다.

“주군! 대략 6천 정도의 병력이 접근 중입니다!”

“좀 늦었지만 약속은 지켰군.”

랭파인 공작 진영.

이틀 전 본령을 출발한 군대는 오늘에서야 국경에 닿았다.

워낙 날이 추워진 탓에 진군을 하는 것만으로도 많은 문제가 발생했다.

낙오와 동상, 감기에 이르기까지.

사실, 원정군을 구성하기 전부터 내부에서는 반발이 만만치 않았다.

[주군! 지금은 겨울입니다. 원정군을 구성하기 좋은 계절이 아니지요. 물자가 부족할 겁니다.]

[지옥의 군대가 이쪽으로 오라는 보장은 없지 않습니까?]

[어떻게든 핑계를 대고 출병을 미루어야 합니다.]

[모든 물자가 부족하지만 식량이 가장 큰 문제입니다. 이 부분이 해결되지 않는다면 싸우기도 전에 병사들이 굶주릴 겁니다.]

원정군에 식량이 많이 들어간다는 사실은 어린아이도 알고 있었다.

무리해서 원정을 치르면 한겨울에 아사자가 나올 수도 있는 만큼, 가신들의 입장에서는 쉽게 선택할 수 없는 일이었다.

그러나 랭파인 공작은 확신했다.

[마물은 신성 보호막을 넘지 못한다. 오라클 공작군은 안쪽으로 물러나면 그만이지, 놈들이 우리 영지로 오면 멸망이다.]

공작은 뚝심 있는 남자였다.

가신들의 의견을 묵살해 버리고 식량 부분만 어떻게든 해결해 달라는 서신을 아론 오라클에게 보냈다.

돌아온 답은 다음과 같았다.

[식량이 부족하긴 이쪽도 마찬가지입니다. 허나 해결책이 없는 것은 아니지요. 귀측에 금은보화가 쌓여 있다면 최대한 챙겨서 오시기 바랍니다. 세상이 망하기 전 만큼은 아니어도 상당량의 식량을 얻을 수 있습니다.]

아론 오라클은 여신께 공양한다는 답을 내놓았다.

어처구니없는 답변이었지만 오라클 영지의 수많은 백성들이 재화를 식량을 바꾸는 기적을 목격했다고 한다.

그는 반신반의하였지만, 원정을 강행했다.

약속대로 식량이 마련되지 않으면 바로 회군할 계획이었다.

서신을 받은 즉시 랭파인은 재화를 수레에 실었다.

금은보화가 귀하긴 해도 경제라는 축이 사라진 마당에는 쓰레기나 다름없었다.

그걸로 식량을 얻을 수 있다면 남는 장사였다.

그는 수레가 총 20대나 되는 재화를 가지고 국경에 도착했다.

두두두두!

거대한 성채가 보이기 시작하자 오라클 공작이 한 개 분대 병력으로 마중을 나왔다.

"오셨군요."

"제가 좀 늦었습니다. 3일 전에는 도착했어야 하는데, 물자를 동원하는데 어려움이 많았습니다."

"이해합니다."

이 시대에 물자가 풍부하다면 거짓말이었다.

그건 오라클 영지도 마찬가지일 것이다.

서신에서 적었듯 오라클 공작도 방한복과 무구를 마련하는데 고생했다고 하니, 영지를 강제로 쥐어짜서 물자를 마련했을 터였다.

"오라클 공작님, 요청대로 재화를 마련해 오기는 했습니다만, 이게 정말 쓸모가 있겠습니까?"

"이것이 목숨줄이라는데 제 목을 걸 수 있습니다."

"……."

아론 오라클이 하는 소리를 주변 병사들도 전해 들었다.

그의 발언은 곧 군 전체로 퍼졌다.

'금으로 밀을 만든다니. 성서에서나 나올 법한 이야기 아닌가?'

베야드 요새 앞.

수레 20대 분량의 재화가 쌓였다.

그 안에 존재하는 재화를 모두 사용할 수 있는 것은 아니다.

서신의 내용이 잘못 전달된 것인지 골동품이나 미술품 따위의 구시대 사치품들도 가져왔으니까.

그걸 제외해도 수레 15대 분량이니 많긴 했다.

'과연 제국 3대 공작가야.'

수없이 침공을 당하며 인구와 병력이 줄어서 그렇지, 지금껏 쌓아 온 부가 어디로 간 것은 아니었다.

악신의 군대가 대륙을 뒤덮기 시작한 초창기, 제국이 멸망할 것이라 생각한 사람은 없었을 것이다.

도시가 밀리면 그 안에 존재하던 재화들을 가지고 후퇴했고, 시간이 흐르면서 본령에 밀집됐다.

공작의 말을 들어 보니 아직 재화가 많이 남았다고 한다.

웅성웅성.

여신이 기적을 선보인다는 소문이 퍼지자 요새 안에서

일하고 있던 인부들과 병사들까지 죄다 몰려나왔다.

그들은 진귀한 구경거리가 생겼다며 좋아했다.

"영주님이 기적을 행하는 광경을 두 번이나 봤지. 정말 황홀했었는데 말이야."

"오늘은 물량이 많으니 더 많은 자비를 내려 주지 않을까?"

"아마 그렇지 않을까?"

"……."

오라클 영지 사람들은 여신의 기적을 당연시했다.

그걸 본 랭파인 공작이 조심스럽게 아론에게 물었다.

"오라클 공작님, 여신께서 진정으로 기적을 내려 주십니까?"

"두고 보시면 압니다."

"……그러지요."

주변이 더욱 소란스러워졌다.

랭파인 공작의 병사들은 아론이 데려온 천사 펫 때문에 반신반의하는 중이었다.

마땅한 증거(?)도 없이 기적을 행사하겠다고 말했다면 미쳤다고 했겠지만, 하늘에서 내려온 천사가 당당하게 현신해 있었다.

이것만으로도 상당한 숫자의 사람들이 홀려 있었다.

'원래는 이게 맞지.'

오라클 영지 사람들은 일종의 내성이 생겼다.

기적이 생기는 것을 보며 신앙심을 증명하지만, 필요 이상으로 놀라지는 않는다.

그들에게 있어 식량이 갑자기 생성되는 기적은 몇 번이나 증명된 사실이었기 때문이다.

하지만 랭파인 공작가 사람들은 그렇지 않았다.

기적에 내성이 전혀 없었기에 소모품 상자 교환이 일어나는 순간, 폭발적인 반응이 일어날 터였다.

털썩.

아론은 켜켜이 쌓인 재화 앞에 무릎을 꿇었다.

오라클 영지 사람들도 전부 무릎을 꿇으며 경건함을 다졌다.

분위기가 이렇게 흘러가니 랭파인 공작 가문 사람들도 가만히 있을 수가 없었다.

결국 모든 사람들이 무릎을 꿇자 아론의 '쇼'가 드디어 시작됐다.

"만물을 주관하시는 베일리여, 당신의 백성들이 악신의 군대를 막기 위해 모였습니다. 부디 기적의 권능을 베푸시어 그들과 싸울 수 있는 힘을 내려 주소서."

'구입.'

아론은 재빨리 상점을 연 후, 구입 버튼을 눌렀다.

콰과과과과!

“……!”

강렬한 빛과 함께 수도 없이 많은 상자들이 떨어졌다.

어찌나 상자가 많은지 화려하게 보일 지경이었다.

“와아아아아!”

오라클 영지 백성들은 당연히 일어날 일이 일어났다고 여겼지만, 기적을 처음 접하는 사람들은 까무러치게 놀랐다.

직접 보지 못하면 도저히 믿을 수 없는 일이었다.

알고리즘을 모르는 입장에서는 ‘창조’일 수밖에 없다.

신앙에 무지한 사람이라도 창조의 권능은 신만 가질 수 있다는 사실을 알곤 있었다.

악신조차 파괴에 치중할 뿐, 창조는 사용할 수 없었기에 이것만으로도 여신이 실존하며, 이 땅을 축복하고 있다는 사실을 증명했던 것이다.

상자를 열 때마다 식량이 가득 쏟아졌다.

“이, 이럴 수가!”

“어찌 하늘에서 식량이 떨어질 수 있나?”

철괴와 화살, 미스릴 주괴도 등장하였다.

미스릴과 같은 레어 소모품은 인벤토리로 들어왔으니, 그야말로 꿀통이다.

[신성 폭탄을 획득했습니다.]

[미스릴 주괴를 획득했습니다.]

[신체 가속 물약을 획득했습니다.]

[스킬 엘릭서를 획득했습니다.]

인벤토리를 확인하던 아론의 눈동자가 사정없이 흔들렸다.

'초대박인데?'

스킬 엘릭서.

스킬을 올려 주는 것으로, 스탯 엘릭서의 가치보다 월등히 높았다.

멈칫거릴 만도 했지만, 아론은 퍼포먼스를 멈추지 않았다.

신성 군주의 근본 스킬인 신성한 오라에 포인트를 투자한 후, 시전했다.

사방 400m 내에 신성의 오라가 발현됩니다.

HP 회복률 +7

언데드에 대한 대미지 +7

힘 +3, 체력 +3

기존에 비해 범위가 100m나 늘어났다.

반경 400m면, 웬만한 운동장 크기에 해당하였으므로 근처에 모여 있는 대부분 사람들이 혜택을 받을 수 있었다.

요새에서 노동하던 백성들은 물론, 행군하느라 지친 병사들의 몸이 회복되기 시작했다.

최하급 힐을 조금 넘어선 수준이었으나, 이렇게 넓은 반경에 힐을 넣을 수 있는 신성 마법은 존재하지 않았다.

강렬한 퍼포먼스와 한 단계 업그레이드된 신성한 오라.

힘과 체력도 3씩 올라갔으니 극적인 효과를 만들어 내고 있을 것이다.

기적 행위(?)는 뜻밖의 결과를 가져왔다.

[영지에 광신도가 출현했습니다.]

[영지에 광신도가 출현했습니다.]

……

[영지에 광신도가 출현했습니다.]

'효과 한번 미쳤군.'

오라클 영지민을 대상으로 하는 것이 아니다.

영내에 들어와 있는 랭파인 공작군에서 베일리를 찬양하는 광신도가 등장했던 것이다.

그 숫자만 무려 200명이었다.

성기사의 자질을 보이는 자들도 있는 것을 보니, 퍼포먼스가 제대로 먹혔다.

놀라기는 랭파인 공작도 마찬가지였다.

"벌써부터 후회스러울 지경입니다."

"어째서요?"

"제 군대가 베일리를 찬양하고 있으니 말입니다."

아론은 자꾸만 뒤틀리려는 입꼬리를 애써 붙잡아야 했다.

여기서 웃어 버리면 랭파인 공작과의 관계가 악화될 것 같아서였다.

그저 여신을 찬양하는 종교인의 자세를 보일 뿐.

"여신께서 저희를 버리지 않았다는 뜻입니다. 창조의 기적과 천사의 강림, 여신께서 이 땅을 보호하신다는 증거까지. 더 이상 설명이 필요할까 싶습니다."

베야드 요새 회의실.

여신의 기적(?)을 목격한 랭파인 공작은 다소 의기소침해 있었다.

그는 자신의 병사들이 기적에 열광하는 모습을 보았다.

잘못하면 영지에서 이탈해 아론의 세력으로 편입될 수 있다는 불안감이 일었던 것이다.

'종교에 빠지면 논리가 통하지 않지.'

신앙 문명의 무서운 점이었다.

그 비정상적인 논리가 가끔 아론의 발목을 잡기도 했지만, 실보다는 득이 훨씬 많았기에 통치의 방향성을 바꿀 생각이 전혀 없었다.

미래의 적에게까지 엄청난 영향을 미치는 행위이기에, 이보다 만족스러울 수가 없었다.

"정말 놀랐습니다. 여신께 공양을 하고 그 많은 물자를 얻을 수 있다니……."

"우리에겐 일상이지요."

아론은 감정을 최대한 드러내지 않도록 노력했다.

랭파인 공작의 빈정이 상해 돌아가 버리면 힘든 상황이 오기 때문이었다.

"이 자리에 모신 것은 제 나름대로 작전을 구상했기 때문입니다. 이걸 기본으로 심의해도 되고, 방향성을 다시 잡아도 됩니다."

"먼저 들어 보겠습니다."

랭파인 공작은 마음을 다잡았다.

심정이 매우 복잡할 것임에도 의연한 모습을 보이는 것을 보니 괜히 제국 3대 공작이라 불리는 것이 아니었다.

아론이 손짓하자 칼슨 경이 확대된 지도를 폈다.

군사 지도의 형식을 취하고 있었기에 랭파인 공작은 아군의 의도가 무엇인지 단번에 파악했다.

"요새에 의지해 방어하는 것 아니었습니까?"

"그럴 수는 없습니다. 데스 나이트가 접근하기라도 하면 성벽이 무너질 것이기 때문이죠."

“허, 기본적으로 마법을 탑재하고 있다는 뜻이겠군요.”

“맞습니다.”

랭파인 공작은 아론의 말에 반박하지 않았다.

여러 가지 정황으로 볼 때, 여신의 계시가 존재한다는 자체는 부정할 수 없다.

데스 나이트가 지옥의 군단을 이끌고 온다는 것도 계시를 통해 알아낸 것이었기에, 보스가 어떤 능력을 가지고 있는지 말했다면 사실일 수밖에 없는 것이다.

“한 세력은 성 밖으로 나와 지옥의 군단을 막고, 한 세력은 본대를 상대해야 합니다. 데스 나이트를 죽여야 하는 것이지요. 보스가 죽으면 요새로 퇴각해도 됩니다. 기본적으로는 저희가 보스와 그 친위대를 상대할 예정입니다만, 다른 생각이 있으면 말씀해 주십시오.”

“…….”

공작과 휘하 기사들은 꿀 먹은 벙어리가 됐다.

‘데스 나이트를 직접 상대하면 전멸이다.’

‘어떻게든 피해를 줄이는 것이 관건이지. 아론 공작이 데스 나이트를 죽일 때까지만 시간을 벌면 되는 것 아닌가?’

머리 굴러가는 소리가 여기까지 들렸다.

어쩔 수 없이 협력하는 관계였으나 서로 적으로 돌아설 수도 있다는 사실을 잘 알았다.

최악의 경우에는 지옥의 군단을 쓸어버린 즉시 개전할 수 있다.

선택지가 없다.

생각을 마친 랭파인 공작이 입을 열었다.

“배려에 감사드립니다. 데스 나이트와 그 친위대를 상대하면 피해가 막심할 것인데, 이렇게까지 희생해 주신다니요.”

“별말씀을. 저는 오직 여신의 말씀에 의지할 따름입니다. 데스 나이트를 막지 못하면 저희는 물론, 귀하와 영내의 모든 백성이 힘들어집니다. 인도적인 차원에서라도 제가 나서는 것이 맞습니다.”

아론은 자애로운 신성 군주를 연기했다.

다른 의도는 없고, 그저 여신의 뜻에 따라 행동한다는 것을 보여 주는 것이다.

보상을 독식해야 했기에 희대의 개소리였지만, 다른 사람이 보기에는 진실로 비춰질 터였다.

한편, 오라클 영지와 전쟁을 벌어야 할지도 모른다고 여겼던 랭파인 공작의 생각은,

‘정말 희생인가? 성서에서 가장 숭고하게 다루는 가치. 허나 군주가 정말 그런 희생을 고려한다는 것이…….’

그는 고개를 흔들었다.

모든 정황이 아론의 숭고한 희생이라 말하지만, 어딘지

모르게 찝찝한 생각이 들었기 때문이다.

그래도 랭파인에게 유리한 것은 맞았다.

"그 희생에 절로 고개가 숙여지는군요."

"그럼 회의는 이쯤 하고 합동 훈련을 하는 것이 좋겠습니다."

"저……."

사람들의 시선이 랭파인 가문의 참모에게 쏠렸다.

아론은 애써 그의 이름을 기억해 냈다.

"아드란 경, 할 말이 있소?"

"다름이 아니라 여신께서 내려 주신 무기가 있다는 말을 들었습니다. 천사의 석상이 빛처럼 나타나 적을 격멸했다는데, 한번만 볼 수 있겠습니까? 아군의 전력을 파악하는 것도 중요한 문제라."

'방어 타워를 말하는 것이군.'

아드란의 상태를 보니 그 역시 광신도로 전직(?)했다.

여기까지 오면서 궁금한 점을 아군에게 물었을 테니, 그 과정에서 방어 타워의 존재가 노출됐을 것이다.

그건 상관없다.

어차피 이번 전투에 사용할 요량이었으니까.

방어 타워의 레벨이 오르면서 그 위력이 얼마나 커졌는지 확인도 해 볼 겸.

"크게 어려운 일도 아니니 보여 드려야지요."

회의가 끝났다.

주로 아론이 말하고 랭파인 공작이 받아들이는 쪽이었다.

랭파인의 군대가 아론의 포지션에 위치하는 순간, 전멸할 수 있다는 것을 확신했기에 회의 내내 질질 끌려다닐 수밖에 없었다.

사람들이 전부 빠져나간 가운데 에리아 경만 남았다.

"에리아 경, 소문을 내라."

"어떤……?"

"랭파인 공작의 요청으로 '천사의 강림'을 보게 될 것이라고."

"랭파인 가문 병사들이 흔들리게 만드는 것이 목적이군요."

"맞다."

"최선을 다하겠습니다."

물러가는 에리아 경의 입가에 미소가 걸렸다.

그녀 역시 랭파인 가문 기사와 병사들이 여신의 역사에 관심을 많이 가지고 있음을 알고 있었다.

눈앞에서 기적이 일어나는 이상, 교세는 확장될 수밖에 없다.

지금처럼 절망적인 세상에서는 광적으로 열광할 수 있는 조건이 완벽하게 갖추어진 것이다.

회의를 끝내고 나온 랭파인 공작은 산책을 하는 속도로 천천히 요새 내부를 둘러봤다.

시간이 흐를수록 그의 심정은 복잡하기 짝이 없었다.

"신전에 왜 우리 병사들이 있나?"

"예? 신전이기에 그런 것 같습니다만……."

평소 명석한 두뇌로 영감을 주었던 참모 아드란이 이상한 소리를 했다.

'사고 회로가 편파적이다.'

랭파인 공작은 눈살을 찌푸렸다.

물론, 이해는 한다.

절망적인 사회였기에 신을 찾는 것은 당연한 일이다.

아드란 가비누스는 평소에도 믿음을 잃지 않고 살아왔다.

문제는 여신이 보호하는 땅이라는 오라클 영지에 도착하자 광신도처럼 각성해 버렸던 것이다.

여신상을 보며 성호를 긋는 것만 봐도 그랬다.

'전염되고 있다.'

이런 모습을 보이는 것은 아드란 남작뿐만이 아니었다.

랭파인 휘하 가신들과 기사 대부분이 여신상을 보며 머리를 처박는 것이, 광기에 잠식되고 있는 것 같았다.

으득.

랭파인 공작이 이를 사리물었다.

그렇다고 여신에게 경외를 표하는 것을 금지한다?
당장 반란이 일어나도 이상하지 않은 일이었다.
신앙심은 곧 신성 군주의 권위와 직결되기에 랭파인은 자기 세력이 잠식되고 있음에도 아무런 행동도 취하지 못했다.
신전에 가까워질수록 한 가지 소문이 또렷하게 들렸다.

[천사들이 강림해 시연을 보인다.]
[랭파인 공작 휘하 가신이 요청했다더라.]

오라클 영지 측에서는 소문이 번지는 것을 막지 않았다.
그럴 필요성을 느끼지 못했기 때문이다.
오라클 공작 입장에서는 여신의 기적이 일어날 예정이라면 홍보를 하는 것이 옳다.
신정 일치를 구현했으니 당연한 일 아닌가.
랭파인 공작은 엄청난 위화감을 느꼈다.
'내가 드래곤 레어에 들어온 것일 수도.'

해가 질 무렵, 베야드 평야.
태양이 황혼의 빛을 뿌리고 있는 시간, 엄청난 인파가 몰렸다.
성벽의 가까운 곳이었기에 몬스터가 출현해도 충분히 퇴

각할 수 있었고, 이곳에 모인 병력이 1만을 넘겼기에 안전했다.

아군과 랭파인 공작의 병력은 물론 요새에서 일하는 인부들까지 모여들었기에 모든 사람이 나왔다고 볼 수 있었다.

"많이도 모였군."

"설마 랭파인 가문 사람들이 이렇게 독실할 줄은 몰랐어요."

"나도 몰랐다."

세이라가 양손을 모으며 감동 어린 표정을 지었다.

오라클 영내로 들어와 경계하던 랭파인 가문의 병사들이 아군 병사들과 어울려 친구처럼 이야기했다.

그들은 교단 사람들에게 예를 표했으며, 기도문을 한 번씩 읊었다.

오라클 영지에서 항상 해 왔던 퍼포먼스가 그들에게는 충격이었던 것이다.

"오라클 공작님."

"오셨습니까."

랭파인 공작이 뒤늦게 도착했다.

눈동자가 불안에 떨리고 있었다.

에리아 경으로부터 보고는 들었다.

[하루 종일 요새를 돌아다니며 시찰했답니다.]

[무엇을 관심 있게 보았나?]

[신전입니다. 교단 사람들을 만났고, 지금까지 일어났던 기적을 묻고 다녔습니다.]

한눈에도 랭파인 공작의 얼굴이 퀭했다.

설마 병사들이 이렇게까지 마음의 문을 열고 아군과 뒤섞일 줄은 상상도 못 했기 때문이다.

다 신앙의 힘이었다.

'신앙은 정치 이념과 함께 가장 무서운 독이다. 하지만 그 독도 어떻게 사용하느냐에 따라 명약이 되지.'

두두두두!

해가 떨어지고 조금씩 어둠이 내릴 무렵이었다.

저녁의 풍경 너머 성기사단이 몬스터 군단을 몰고 왔다.

근처를 돌아다니던 언데드 무리로, 방어 타워를 실험하기에 가장 좋은 더미였다.

"꾸엑!"

"꾸에에엑!"

성기사단 뒤로 수백 마리의 언데드가 나타나자 방패병이 나서며 막았다.

혹시 모를 민간인 피해를 막기 위해서였다.

아론은 모두가 보는 앞에서 기도를 올렸다.

"만물의 창조자이신 베일리여, 당신의 종이 간청하나이다. 부디 적을 멸할 힘을 내려 주소서."

'방어 타워 설치.'

스스스슷!

"……!"

아론이 방어 타워를 설치할 위치를 설정했다.

거대한 천사의 석상이 빛과 함께 나타났다.

"허."

랭파인 공작이 신음을 내뱉었다.

이것이 기적이라는 사실을 누구도 부정할 수 없었다.

아론조차 시스템으로 만든 방어 타워라는 것을 몰랐다면 정말 천사라도 강림한 줄 알았을 것이다.

천사의 석상은 예전보다 키가 커져 2m에 달했다.

석상이 적을 향해 검을 휘둘렀다.

신성력의 덩어리가 전방으로 날아갔다.

홀리 붐(Holy Bomb)은 자체적인 대미지도 가지고 있었지만, 언데드 계열에 특효다.

사방 3m가량이 신성력 폭발을 일으키며 언데드를 휩쓸었다.

콰과과광!

치이이익!

강렬한 신성력에 의해 언데드의 몸이 타들어 갔다.

2레벨 수준의 방어 타워는 5초에 1회씩 스킬을 발사했다.

두 석상이 번갈아 쏘면 2.5초에 한 번은 발사되는 셈이었으니, 사람들이 보기에는 거의 연속으로 신성력을 날리는 것 같았다.

곳곳에서 터져 나가는 신성의 폭탄.

남은 언데드는 성기사들이 반전하여 썰어 버렸다.

수백의 언데드 따위가 순식간에 정리되었다.

튜토리얼에서 보던 놈들이 신성 보호막 안에서 약화되기까지 했으니, 성기사들의 상대가 될 리 없었다.

그럼에도 퍼포먼스 자체는 훌륭했다.

"와아아아!"

터져 나오는 함성.

오히려 랭파인 가문 사람들이 더 열광했다.

[영지에 광신도가 출현했습니다.]

[영지에 광신도가 출현했습니다.]

……

[영지에 성기사가 출현했습니다.]

반응이 뜨겁다 못해 수많은 광신도가 탄생했다.

심지어 랭파인 가문 병사 중에서는 신성을 얻어 성기사

가 되는 자가 나오기도 했다.

랭파인 공작의 얼굴에 낭패한 기색이 역력했다.

이제 변화의 물결을 막기 어렵다고 판단했던 것이다.

아론은 그 광경을 보며 속으로 웃었다.

'꼭 무력을 동원할 필요는 없지. 어쩌면 평화적인 흡수도 가능할 거야.'

제7장
지독한 환경

베야드 요새 성벽 위.

랭파인 공작은 지난 3일을 떠올리며 입술을 짓씹었다.

'충격의 연속이었다.'

오라클 영지군은 강했다.

단순히 강한 것이 아니라 아군과 큰 차이가 벌어질 정도였다.

소년병까지 징집해 쓰는 것은 지금 같은 시대에 당연한 일이었지만, 오라클 공작이 대체 무슨 수로 병력의 질을 상향평준화시켰는지는 이해가 안 될 지경이었다.

"하나!"

"둘!"

오라클 영지군은 눈이 내리고 있는 지금도 창과 검을 내지르며 훈련에 임했다.

그에 비해 체력이 약한 아군은 막사로 복귀해 추위에 떨었다.

'저들의 강함을 확인한 나날이었다. 또한 오라클 영지에 여신이 함께함은 분명하다.'

랭파인은 그 사실을 부정할 수 없었다.

이곳에 오기 전에는 무력으로 오라클 영지를 흡수할 수 있을 줄 알았다.

대외적으로 소문이 나 있는 오라클 영지군의 무용담은 여느 군주들이 그렇듯 과시하려는 것이리라 생각했다.

하지만 소문은 오히려 축소됐다.

어떤 신병도 풋내기처럼 보이지 않았다.

정보를 캐어 보니 기초 군사 교육을 수료한 오라클 영지의 신병들은 바로 던전에 투입된다고 했다.

훈련과 실전을 겸하며 빠르게 성장하는 것이라고.

오라클 영지와 전쟁을 벌이면 필패다.

'만약 동맹을 추진한다면……?'

결국 여기까지 생각이 미쳤다.

랭파인은 곧 고개를 흔들었다.

오라클 공작이 미쳤다고 동맹을 맺을까?

지금은 워낙 강력한 적이 양쪽 영지에서 위협을 행사하니 어쩔 수 없이 임시 동맹을 맺었지만, 위기를 극복하고 나면 동맹을 유지할 필요가 없어진다.

신성 군주에게는 여신의 뜻이라고 우기면 끝장날 만능 명분 또한 있었다.

지속적으로 신성 보호막이 확장되고 있었으므로 누구도 이견을 제시할 수 없는 것이다.

여신의 든든한 지원을 받고 있는 오라클 공작이 쳐들어오면 그에 동조할 자들이 한가득했다.

고작 며칠이었지만, 아군은 여신 베일리가 내려 주는 은총에 물들었다.

"하……."

데스 나이트가 지옥의 군단을 끌고 오기까지 단 하루.

랭파인의 고민은 깊어졌다.

[21:04:15]

이제 침공까지 하루 남짓 남았다.

2개월의 시간은 생각보다 금방 흘렀다.

디펜스 워는 일명 준비의 게임이라 불리기도 했다.

챕터마다 텀이 긴 만큼, 강력한 적이 어마어마한 대군을 몰고 침공했기에 얼마나 잘 준비하느냐에 따라 승패가 결정된다.

'할 만큼 했다.'

아론의 총평이었다.

준비에 완벽함이란 존재하지 않지만, 그 어느 때보다 방비를 튼튼히 했다.

아군 6천에 임시 동맹군 6천.

총 1만 2천의 대군이다.

세상이 멸망지경에 이른 가운데 1만이 넘어가는 병력이 모였다는 것은 대단히 큰 의미였다.

휘이잉.

정오 무렵이 되자 베야드 요새에 눈보라가 몰아쳤다.

안 그래도 며칠 전부터 눈이 내려 많이 쌓이던 참이다.

문제는 점점 더 많은 눈이 내리고 있다는 것.

내일쯤이면 허벅지까지 쌓일 것 같았다.

"주군, 날씨가 너무 좋지 않습니다. 계획을 변경해야 하는 것 아닙니까?"

아론과 마이어 경은 성벽 위로 올라와 주변을 살폈다.

아직은 괜찮았다.

눈보라가 몰아치고 무릎까지 눈이 쌓여도 움직이지 못할 정도는 아니다.

문제는 내일이 되었을 때다.

기병이 달리지 못할 만큼 눈이 쌓여 기동력이 형편없이 줄어들 것이다.

그럼에도 아론은 작전을 변경하지 못했다.

"전에도 말했지만, 성벽 안에서 적을 맞으면 형편없이 패배하고 만다."

"대안이 있으십니까?"

"어쩔 수 없다. 아침부터 일어나 눈을 치워야지."

"체력이 많이 소모될 겁니다."

"요새에 인부들이 많이 와 있다. 광산에 있어야 할 그들을 부른 것은 눈을 치우기 위함이다."

눈이 쌓이면?

치우면 된다.

어떻게든 제설을 해서 싸울 수 있는 공간을 만들어야 했다.

여분의 말과 백성, 병력을 총동원하여 날씨와 싸운다.

마이어 경은 벌써부터 걱정인 듯했다.

"싸우기도 전에 지치지 않겠습니까?"

"허무하게 성벽이 무너지는 것보다는 낫다. 언제 쉬운 전투가 있었나. 특별할 것 없다."

별일 아니라는 듯 말했지만 아른도 알고 있었다.

이 넓은 평원 전체를 제설한다는 것이 엄청 어렵다는 사실을.

그래도 희망은 있었다.

마도구로 만든 제설차 비슷한 도구가 있었으므로 상당한 양을 걷어 낼 수 있을 것이며, 전투 마에 판자를 연결해 치우면 어떻게든 될 것 같았다.

아침에 일어나 웨이브가 시작될 때까지 치우면 어찌어찌 기동력을 확보할 수 있을 터.

'병사들은 지치고 전투력은 떨어지겠지. 그럼에도 해야만 하는 일이다.'

랭파인 공작을 끌어들여 천만다행이다.

잘못하면 눈이 이렇게 많이 내리는데 고립되고도 남았다.

"랭파인 공작은 어찌하고 있나?"

"근심 걱정이 많은 모양입니다."

"눈이 많이 내려서?"

"뿐만 아닙니다. 랭파인 공작 휘하 기사들과 병사들이 저희 측에 호감을 보입니다. 독실한 자들이 많이 탄생했고요."

"전쟁이 벌어지면 우리 측으로 많이 넘어올 수 있다는 뜻이군."

"맞습니다."

랭파인 공작의 속은 타들어 가고 있을 것이다.

지난 3일 동안 아론은 랭파인 가문 사람들을 끌어들이기 위해 갖은 수를 다 동원했다.

틈만 나면 기적을 보일 수 있도록 했으며, 아군에도 명령을 내려 친하게 지내라고 권고했다.

신전도 마찬가지였다.

세이라를 비롯한 여신관들이 나서자 효과는 두 배가 됐다.

매일 보는 기적과 아름다운 신관들의 끈질긴 권유.

종교가 없던 사람도 입교할 판이었다.

실제 랭파인 측에서 발생한 광신도는 350명에 이르렀다.

성기사로 전직한 자들의 숫자드 10명이 넘어 베일리 교단 성기사단에 입단하겠다는 뜻을 은근히 전해 왔다.

모든 것이 랭파인 공작에게는 불리했다.

그의 군대가 오라클 영지를 밟는 순간부터 정해져 있던 일이다.

아론은 이번 전투가 끝나면 랭파인 공작군에게 대놓고 물어볼 작정이었다.

'여신의 휘하에서 함께 싸울 것이냐, 적이 될 것이냐. 공작군에 폭탄이 떨어지겠군.'

[07:15:56]

아론은 누가 깨운 것도 아닌데, 새벽같이 일어나 반투명한 창을 확인했다.

현재 시각 6시.

주변이 어둑어둑한 가운데 창문이 바람에 덜컹거리고 있

었다.

휘이이잉!

침대에서 일어나 테라스를 열자 바람과 눈송이가 사정없이 떠밀려 들어왔다.

잠이 오지 않기는 주둔군이나 인부들도 마찬가지였는지 하나둘 일어나 하루를 준비했다.

집집마다 불이 켜졌지만 눈보라 때문에 흐릿했다.

"프로즌 펑크가 따로 없군."

세기말 풍경이라고 해도 과언이 아니다.

시간이 지나면서 조금씩 주변이 밝아지기 시작했지만, 투명한 막 위로 검은 기운이 잠식하고 있었다.

검은 안개와 뒤섞이니 하늘에서 눈이 내리는 것인지, 검댕이가 떨어지고 있는 것인지 구분조차 되지 않았다.

똑똑.

"들어와."

"오빠! 개량에 성공했어요!"

"불도저 말이냐?"

"네!"

퀭한 눈빛을 한 레냐가 방문했다.

그녀는 며칠 전부터 특명을 받아 제설차를 제작하고 있었다.

원시적인 형태는 완성했어도 출력이나 여러 가지 부가

기능이 아쉬웠는데, 기어코 완성해 낸 것이다.

마도 기계 제작을 위해 밤잠을 설쳐 왔고, 오늘은 아예 밤을 새운 것 같았다.

"바로 성문 앞에 가져다 놓도록 해라."

"설명은 듣지 않아도 되나요?"

"가동하면서 들으면 되지. 나는 너를 믿는다."

"고마워요!"

레냐의 얼굴은 피로했지만 여전히 활력이 넘쳤다.

어린아이 몸을 하고 있었기에 체력이 그 수준에 맞춰진 걸까.

"저러다 키가 크지 않으면 큰일이지만……."

어쩔 수 없다.

아론은 자신이 어린 소녀를 혹사시키는 사악한 악당 같았지만, 레냐의 빠른 성장보다 살아남는 것이 우선이었다.

7시 정도가 되자 영지 전체가 잠에서 깨어났다.

다들 삽 하나씩을 들고 작업을 나섰다.

기사들도 삽을 견착했다.

"기침하셨습니까, 주군."

"잘 잤나."

"……빈말로도 잘 잤다고 볼 수는 없죠."

이것이 솔직한 심정이었다.

아론도 밤새 자다 깨다를 반복했다.

사상 최악의 적을 맞이하는 것도 모자라 날씨마저 이 모양이었으니, 숙면을 취할 만큼 강심장은 없었다.

"다들 좋은 아침입니다!"

"……."

칼슨 경의 해맑은 목소리에 기사들의 얼굴이 일그러졌다.

말도르 카브란이 그를 타박했다.

"좋은 아침……? 너는 좋은 아침이라는 의미도 모르냐? 이게 좋아?"

휘이이잉!

숙소를 나오자 미친 듯이 바람이 불었다.

눈보라가 너무 심해 눈을 뜨기도 힘들었다.

칼슨 경이 머리를 긁적이며 말했다.

"왜요? 다들 잠은 자야죠."

"하……. 이 자식은 뇌가 빈 건지, 담력이 좋은 건지."

"말도르 형님, 설마 쫄보같이 밤잠을 설친 것은 아니겠죠?"

칼슨의 한마디에 기사들은 모조리 입을 다물었다.

영지 전체에 불이 밝혀졌다.

성벽 위에도 횃불이 켜켜이 걸렸지만, 결코 시계가 밝다고 할 수 없었다.

잘못해서 눈에 파묻히기라도 하면 시체조차 찾지 못할 것 같았다.

'예상했던 일이지.'

평소에는 눈이 내려도 무릎을 넘지 않았는데, 데스 나이트가 침공할 때에 맞춰 미친 듯 눈이 쏟아진다?

시기가 너무 공교로웠다.

그러니 시스템이 개입했다고 여기는 수밖에 없었다.

눈앞에 펼쳐진 지옥과 같은 광경은 모니터 너머로 보던 세상과는 완전히 달랐다.

게임에서는 손가락 하나로 NPC들을 작업에 밀어 넣지만, 현실에서는 사기를 신경 써야 한다.

인부로 변모한 사람들이 아론을 바라봤다.

이 중에는 랭파인 공작 사람들도 섞여 있었다.

"우리는 기로에 서 있다!"

목소리가 눈보라 속에 파묻혔다.

그럼에도 사람들의 시선은 흐트러지지 않았다.

신앙을 의지해 살아가는 자들이었고, 신성 군주의 격려는 그 어떤 부스터보다 강력했다.

한마디 하는데 돈이 드는 것도 아니었으니, 사기를 북돋기 위해 말을 이어 갔다.

"지옥의 군단이 쳐들어오는 날에 날씨가 이렇게 변한 것이 우연일까? 아니다. 악신의 농간이며 우리를 시험에 빠지게 하는 술책이다. 환란을 극복하는 것은 의지. 우리는 어려움을 이겨 낼 것이다. 신성 군주의 이름으로 약속하건대, 오늘의 노력이 천국의 상급으로 기록될 것이리라."

"가자!"

"오오오!"

성문이 열렸다.

이마저도 눈에 매몰되어 한참이나 퍼내고 나서야 평원을 바라볼 수 있었다.

세계가 완전히 눈에 파묻힌 것 같은 살벌한 풍경이었다.

지금 상황에서는 그 누구도 힘을 합쳐야 한다고 생각할 것이다.

아론과 경쟁을 해야 할지 협력을 해야 할지, 그것도 아니면 굴복해야 할지 고민이 많은 랭파인 공작조차 지금 환경에서는 팔을 걷어붙였다.

제설의 시작은 마도 장비의 가동이었다.

사람이 들어갈 틈이라도 있어야 작업을 할 텐데, 성문 앞은 눈이 허리까지 쌓여 도저히 들어갈 수 없었기 때문이다.

위이이잉!

레냐가 마도 장비를 가동시켰다.

방패 모양의 강철 장비가 천천히 눈을 밀어냈다.

랭파인 공작이 그 신기한 광경을 보더니 감탄했다.

"도대체 저 기계는 무엇입니까?"

"마도 공학 장비입니다."

"마도 공학!?"

공작이 놀라자 아론은 슬며시 미소를 지었다.

'그러고 보니 너희는 이런 거 없지?'

파바바밧!

마도 장비가 빠르게 길을 냈다.

레냐의 장비는 하나가 아니었다.

총 3대였으며 한 대가 직선으로 쭉 뚫으면, 나머지 2대가 300m 앞까지 전진해 좌우로 길을 냈다.

그 사이로 1만 5천 명에 달하는 인부가 투입됐다.

전투 마도 100마리나 동원돼 빠르게 제설 작업을 시작했다.

눈을 치우는 것만으로는 제설이 힘들다.

비싸도 소금을 뿌려야 했다.

"이 귀한 소금을 바닥에 버리다니."

"버리는 것이 아니라 전투할 수 있는 환경을 만드는 거야."

"아무리 그래도 아깝기는 해."

"별수 있나? 당장 죽는 것보다는 소금을 사용하는 것이 낫지."

여기저기서 소금이 아깝다는 말이 들렸다.

그건 아론도 마찬가지였다.

'소금은 생필품이다. 하다못해 기병을 운용하려고 해도 말에게 소금을 먹여야 하는데, 바닥에 뿌리고 있으니.'

어쩔 수 없었다.

조금이라도 눈이 쌓이는 속도를 줄이기 위해서는 소금을 뿌려야 한다.

그 덕분인지 제설 작업은 신속하게 이루어졌다.

파바바밧!

마도 기계의 활약은 가히 눈부셨다.

제설차가 없었다면 엄두조차 내지 못할 지경이었다.

다들 열심히 일하는데 아론이 가만히 있을 수는 없었다.

신성 군주는 타의 모범을 보여야 하는 직업이 아닌가.

거대한 삽을 들고 빠르게 권역을 넓혀 갔다.

아론이 몸소 노동을 시작하자 랭파인 공작도 곁에서 거들었다.

"오라클 공작, 도대체 저 마도 기계라는 장비는 어떻게 만든 겁니까?"

"제 여동생이 만들었습니다. 두뇌가 뛰어나거든요."

"허어."

"……."

랭파인 공작은 작은 체구로 기계를 조작하고 있는 레냐를 바라보며 혀를 내둘렀다.

올해 15세이지만 누가 봐도 10세밖에 안 보였다.

어린애가 설계하고 만들었다고 하니, 기가 막혔던 것이다.

'나도 내가 이런 말을 하게 될 줄은 몰랐지.'

"오라클 영애가 설계하는 것도 모자라 제작까지 했다고요?"

"맞습니다."

"어찌 그런 일이."

"사람은 누구나 두각을 보이는 분야가 있지요. 저 녀석은 기계를 다루는 것이 천직인 모양입니다."

"마법사이기도 하다고 들었는데요."

"예, 애초에 마법사가 아니면 마도구를 제작할 수 없습니다."

말하고 보니 새삼스럽다.

마법과 마도 공학, 농업, 행정에 이르기까지.

레냐가 손대지 않는 분야를 찾는 것이 어려울 지경이었다.

랭파인 공작은 무척이나 부럽다는 얼굴이었다.

"저런 뛰어난 인재가 혈족이라니……. 인복이 많으시군요."

"공작님도 휘하에 뛰어난 가신들이 있지 않습니까?"

"신앙심 깊은 가신들이죠."

말에 가시가 있었다.

여전히 랭파인 공작은 두려워하고 있었다.

전투가 끝난 후, 아론이 어떤 식으로 나올지 가늠할 수 없었기 때문이다.

"그 신앙의 힘으로 오늘의 위기를 극복해야 합니다."

"하……. 그렇지요. 우선 살고 봐야죠."

랭파인 공작은 더 이상의 말을 삼갔다.

지옥의 군단을 처리하고 난 이후라면 몰라도 지금은 협력하는 것이 맞다.

공작은 불안감 때문인지 무리를 해 가며 열심히 삽질을 해 댔다.

아론도 입을 다물었다. 속으로는 아니었지만.

'너희는 병합될 수밖에 없는 운명이다. 열악한 환경과 끊임없는 위협 속, 여신의 가호를 받는 것이 얼마나 큰 축복인지 깨닫겠지.'

지난 며칠, 이들과 함께하는 동안 아론의 목적은 반 이상 이루어졌다.

곳곳에서 두 영지가 병합되어야 하는 이야기가 나왔다.

에리아를 통해 들은 바로는 랭파인 공작 가문의 사람 50% 이상이 병합을 희망한다고 했다.

휘이잉!

시간이 흐를수록 눈보라가 그치기는커녕 더욱 심해졌다.

한 치 앞도 내다볼 수 없을 정도로 시계가 흐렸다.

작업 속도는 현저히 느려지고 있었다.

체감 온도 영하 30도.

체력이 떨어지는 것은 당연했다.

동상자도 속출하고 있었다.

하늘은 점점 어두워지고 가끔 천둥이 치며 낮은 울음을 토했다.

환경에 의해 부상자가 발생하기 시작하였으니, 전투에 들어가면 얼마나 많은 사람이 죽어 나갈지 가늠조차 되지 않았다.

종종 바람이 휘청거려 사람이 눈에 파묻히기도 했다.

워낙 많은 사람이 동원되었으니 부상자도 많았다.

아론은 전격적으로 교단의 사제를 투입했다.

여기저기서 신성력이 번쩍이며 치료하지만 그래도 부족했다.

“주군! 사제들의 치료 속도보다 부상자들이 더 많이 발생하고 있습니다.”

“여기저기서 작업 중지를 요청하고 있습니다!”

속속 보고가 들어왔다.

그러나 아론은 작업을 멈추라 명령하지 않았다.

지금 멈추면?

싸워 보지도 못한 채 무너질 것이다.

어쩔 수 없이 신성한 오라를 시전했다.

사방 400m 내에 신성의 오라가 발현됩니다.
HP 회복률 +7
언데드에 대한 대미지 +7
힘 +3, 체력 +3

"오오오!"
"여신께서 기적을 내려 주셨다!"
손발이 차가워지는 것을 넘어서면 동상에 걸리기 시작한다.
증상이 심해지기 전에 오라 안에 들어오면 충분히 치료할 수 있었다.
힘과 체력이 증가하기에 더 빠른 속도로 삽질할 수도 있었다.
"이 정도면 작업을 속행할 수 있겠습니다."
"힘을 내라! 우리는 포기하지 않을 것이다!"
"예!"

자연과 싸우는 것은 전쟁이 따로 없었다.
지금까지 눈보라였다면 이제는 눈 폭풍이었다.
서 있기도 힘들 정도로 바람이 불었으니, 제대로 적과 싸울 수 있을지조차 의문이었다.
그럼에도 반드시 해야만 하는 일이다.
아론이 무너지면 군 전체가 무너지게 되어 있었다.

[00:35:21]

침공까지 30분 정도 남았다.

바람이 거세게 불자 눈이 송곳처럼 변해 온몸을 들쑤셨다.

지옥과 같은 풍경이었지만, 이건 시작에 불과했다.

콰르르릉!

검은 먹구름 속에 삼켜진 세상은 뇌전으로 물들었다.

대지를 집어삼킬 듯 번개가 치니 두려운 마음까지 들었다.

아론은 작업을 중지시켰다.

돌아가서 준비하고 나오는 시간도 빠듯했다.

"전투를 준비할 것이다."

"예!"

아론의 명령이 전파되었다.

외침이 폭풍에 묻혀 사라졌기에 인력으로 찾아다니며 명령을 전했다.

작업은 느렸지만 퇴각은 빨랐다

누가 봐도 곧 사달이 일어날 것처럼 보였기 때문이다.

성벽 안으로 돌아오자 병사들이 출격 준비를 마친 채였다.

한 시간 전부터 대부분의 전투 병력이 돌아와 전투를 준비하고 있었다.

병사들은 두꺼운 외투를 입었으며, 스파이크가 달린 신발을 보급 받았다.

밖에 나가 있던 아론이 갑옷을 갖춰 입으며 랭파인 공작과 만났다.

"랭파인 공작님, 제가 데스 나이트를 죽일 때까지만 버텨 주시면 됩니다."

"가능하겠습니까?"

"여신께서 계시하셨으니 패배는 있을 수 없습니다."

"……무운을 빕니다."

이런 최악의 날씨에서 상호간의 정보를 전달할 수 있는 수단은 전령밖에 없었다.

전령도 제대로 길을 찾지 못해 헤매는 경우가 생길 것이다.

각자의 판단에 맡길 수밖에 없는 상황.

시간이 별로 없는 관계로 빠르게 작전지로 향했다.

휘이이잉!

"주군! 이래서야 작전 지역까지 제대로 갈 수 있을지 모르겠습니다."

"모조건 찾아가야지."

아론이 앞장섰다.

병사들은 훈련을 받은 대로 앞만 보고 이동했다.

이런 상황이 되리라는 사실은 진즉에 예상했다.

지난 며칠 동안 병사들이 받은 훈련도 눈보라가 심하게 칠 것을 예상한 적응 훈련이었다.

지금처럼 폭풍 급의 바람이 불 줄은 몰랐지만, 훈련이 많은 도움이 되긴 했다.

'스파이크가 아니었으면 힘들 뻔했다.'

대지에 소금을 뿌리며 계속 제설 작업을 했지만, 조금이라도 발을 잘못 디디면 미끄러지기 일쑤였다.

걷는 것이 힘들면 싸우기는 더더욱 어렵다.

이 때문에 영지에서는 한 달 전부터 스파이크를 생산해 왔다.

스파이크는 장화에 부착하는 것으로, 아군은 모두 착용할 수 있었다.

랭파인 공작군의 것도 천 개 정도는 생산해서 주었지만 그 이상은 어쩔 수 없다.

'많은 사상자가 발생하겠지.'

말이 정면에서 버티는 것이지, 몸에 불을 붙이고 달려드는 놈들을 상대하다 보면 제 기량을 발휘하기 어려울 것이다.

병사들은 지옥의 군단에 맞서 두려움과도 싸워야 한다.

아론이 데스 나이트를 처리하는데 오래 걸리면 랭파인 공작군은 전멸할지도 몰랐다.

병력이 작전 지역에 도착했다.

어느덧 사람 키까지 쌓인 눈 비탈 뒤로 넓은 구역이 정리되어 있었다.

매복은 완벽했다.

휘이이잉!

콰과과광!

인세의 지옥이 강림한 가운데 시간이 흘렀다.

'앞으로 10분.'

침공이 머지않았다.

[00:02:30]

시간이 거의 다 떨어졌다.

누구도 침공이 일어나지 않는다고 말하지 않았다.

지금 눈앞에 보이고 있는 광경은 전에 웨이브가 왔던 순간과는 질적으로 달랐다.

단순히 검은 안개만 낀 것이 아니라 눈 폭풍이 불었으며 낙뢰까지 떨어지고 있었으니까.

번개에 맞는 사람은 없었지만, 행여나 사람이 맞기라도 하면 사기가 뚝 떨어질 것이다.

쿠구구구!

침공까지 얼마 남지 않았을 무렵.

대지가 떨려 왔다.

높게 쌓인 눈은 그 충격에 의하 와르르 무너졌다.

제법 크게 흔들리는 대지.

“꾸에에에엑!”

눈보라를 뚫으며 괴성이 들려왔다.

병사들은 침을 삼켰다.

눈이 키까지 쌓여 적들의 모습이 보이지 않았기 때문이다.

차라리 보지 않는 것이 더 나을 수도 있었다.

실제로 지옥의 군단을 목격하니 기괴하기 짝이 없었다.

“아니, 저게 무슨……?”

폭설이 내리고 있는 가운데 고열을 뿜어내며 다가오고 있는 5천의 군대는 눈을 밟고 있었다.

불타는 망자들.

분명히 그 열기에 눈이 녹아야 정상임에도 놈들이 밟고 있는 부분 일부만 녹았다.

흔들리는 대지 위에 멈춰 서는 군단.

사람들의 머리에 인지 부조화가 왔다.

“주군, 저게 대체 어떻게 된 일일까요? 이 정도 열기라면 주변의 눈이 다 녹아야 하지 않습니까?”

“저 지옥불은 인간에게만 적용된다.”

“그 무슨!?”

“우리가 지금껏 고생하며 눈을 치운 이유이기도 하다.”

기사들은 직접 그 모습을 확인하고는 혀를 내둘렀다.

불타는 망자들이지만 주변 환경에는 영향을 주지 않았다.

정말 빌어먹을 상황이 아닐 수 없었다.

설원지옥과 화염지옥이 동시에 펼쳐져 있는 광경은 도저히 정상적이지 않았다.

지옥의 군단을 가르며 검은 기사가 걸어 나왔다.

신장 2m 정도의 거대한 덩치를 가진 해골 기사.

눈에서 검은 연기를 뿜어냈으며 거대한 대검을 들고 있었다.

놈이 바로 데스 나이트였다.

쿵!

데스 나이트의 대검이 바닥에 꽂히자 대지가 미친 듯이 흔들렸다.

땅이 갈라지며 무자비한 광경을 만들어 냈다.

마침내.

[침공이 시작됩니다.]

-인간들이여, 지옥이 도래했도다. 너희의 죄악은 절망이 되고 영혼조차 타올라 고통의 노래를 부르게 되리라.

수많은 뉴비를 갈아 버리며 접게 만들었던 참살자.

틀림없이 힘든 챕터이며 목숨까지 걸어야 하지만, 고인물 아론은 클리어 보상이 디펜스 워답지 않게 높다는 사실을 잘 알고 있었다.

오늘이 분기점이었다.

'이번 파트만 무사히 넘기자. 새로운 세상이 열릴 테니.'

제8장
데스 나이트

불타는 망자들이 출발했다.

워낙 시계가 흐려 정확하게는 알 수 없었지만, 4천 마리 정도가 진격한 것으로 보였다.

"주군, 전진합니까?"

"아직. 작전대로만 한다."

작계에 의하면 불타는 망자들이 랭파인 공작 병력과 맞붙었을 때 놈들의 본진으로 타격하기로 돼 있었다.

문제는 폭풍에 가까운 눈보라 때문에 10m 앞도 제대로 확인하기 어렵다는 것.

지금은 기다리는 수밖에 없었다.

쿠구구궁!

"끄아아악!"

"아아아악!"

"……."

비명이 바람을 타고 들려왔다.

고통에 찬 신음이 눈 폭풍과 뒤섞여 끔찍한 노이즈를 만들어 냈다.

한기가 갑옷을 뚫고 들어올 만큼 추웠지만 등 뒤에선 식은땀이 흘렀다.

아군이 쓸려 나가고 있는 것인지, 잘 막아 내고 있는지 알 길이 없었기에 더욱 긴장되는지도 몰랐다.

차앙!

아론은 빽빽하게 얼어 버린 검집에서 강제로 성유물을 꺼냈다.

"작전을 시작한다!"

오라클 군단이 진격했다.

긴장되기는 기사나 병사들도 마찬가지였다.

쿠구구궁!

은신처를 나오자 몸이 흔들릴 만큼의 진동이 느껴졌다.

가뜩이나 눈이 쌓이고 있었는데 지진까지 일어나니, 스파이크가 아니었다면 서 있을 수도 없을 뻔했다.

아론은 작전이 시작됐다고 급하게 움직이지 않았다.

최전방은 랭파인 공작이 막아 줄 것이라 믿고, 이쪽의 피해를 최소화해야 한다.

영지의 공업력을 총동원하여 뽑아낸 방패로 무장한 병력이 전방으로 나왔다.

방패는 가벼운 나무로 뼈대를 짰지만, 전면은 강철이었다.

그만큼 체력이 뛰어나거나 등급이 높은 병사를 앞줄에 배치하여 최전방에서 적을 막도록 설계했다.

중세의 군대는 밀집 진영이 기본이었다.

병사들은 훈련을 받은 대로 움직였다.

전장의 비명 소리와 여러 환경이 만들어 내는 공포는 오직 훈련으로 극복할 수 있다.

정신은 흔들려도 몸이 기억하는 것이다.

대열이 갖추어지자 전군은 속보로 이동했다.

불타고 있는 적들이 보였다.

쌓인 눈 위로 용암이 흐르는 광경은 또다시 인지 부조화를 일으켰다.

흐려진 시야 속에서 적들이 아군을 발견했다.

"여신이여, 악신의 군대를 물리칠 힘을 내려 주소서!"

'방어 타워 소환.'

병력 후방에 방어 타워 두 기를 배치했다.

쿠궁!

천사의 석상이 생겨나 전방을 향해 홀리 붐을 날렸다.

쐐애애액!

그것이 전투의 신호탄이었다.

쿠아앙!

적진에 신성력 폭탄이 떨어지자 불타는 망자들이 사방으로 비산했다.

폭격을 맞은 자리의 망자들은 그 자리에서 박살이 났고, 그 피해가 5m까지 번졌다.

꽤 강력한 위력이었다.

이렇게 졸개들의 숫자가 확확 줄었다면 뉴비 분쇄기라 불리지도 않았다.

시간은 좀 걸렸지만, 조각난 망자의 시신이 모이며 복원을 시작했다.

놈들은 더 타격해야 죽는다.

실로 까다로운 적들이 아닐 수 없었다.

"마이어 경! 믿는다."

"맡겨 주십시오!"

아론은 오라클 영지군을 마이어 경에게 맡겼다.

훈련에서 몇 번이나 강조한 만큼 마이어 경도 작전의 의도를 파악하고 있었다.

[이번 작전의 1차 목표는 내가 데스 나이트를 죽일 때까지 버티는 것이다. 단순히 버티는 것을 넘어 피해를 최소화해야 한다.]

군이 먼저 나서서 피해를 받을 필요는 없다.

데스 나이트가 죽으면 신성 보호막이 생기고 적들이 약화될 것이니, 그때 공격해서 죽이면 된다.

"끼에에엑!"

망자들이 비명을 지르며 달려왔다.

아론은 풀버프를 시전하며 나아갔다.

파아앙!

여러 가지 버프 덕분에 신성한 빛이 흘렀다.

"말도르 경, 잭슨 경! 가자!"

"예, 주군!"

아론은 휘하 성기사들 중에서 가장 무력이 뛰어난 둘을 데리고 데스 나이트가 지휘하는 곳으로 이동했다.

망자들은 되도록 우회했다.

데스 나이트를 상대하기 위해서는 최대한 체력을 아껴야 하기 때문이었다.

쿠구구구!

데스 나이트가 서 있는 곳에 드착하자 더 많은 용암이 대지에 흘렀다.

용암 지대에 이르자 몸이 화끈거렸다.

주변 환경에는 영향을 주지 않고 오직 인간에게만 피해를 입히는 지옥불.

"여신이여, 적을 물리칠 힘을 주소서!"

매일 연기하다 보니 이 순간, 자연스럽게 기도문이 튀어 나왔다.

드디어 아론과 데스 나이트가 마주했다.

-가소로운 인간이로구나. 만용을 용기로 착각하는 자여, 지옥에 떨어져 노예가 되거라.

팟!

아론은 블랭크를 사용해 공간을 뛰어넘었다.

순식간에 데스 나이트의 머리 위에 나타났다.

그리고 작렬.

콰과과광!

분명히 머리를 노리고 쳤다.

하지만 데스 나이트는 이럴 줄 알았다는 듯 대검으로 아론의 몸을 튕겨 냈다.

탓!

아론의 몸이 포물선을 그리며 날아가려 했지만, 스카이보드를 이용해 몸을 잡았다.

검을 잡았던 오른팔이 저릿했다.

화상 때문에 몸이 화끈거리기도 했다.

으득!

그럼에도 멈출 수 없었다.

아론은 전의를 불태우며 튕겨져 나갔다.

"어디, 시작해 보자!"

그 시각.

랭파인 공작은 지옥의 군단을 마주하며 고전했다.

강력한 눈 폭풍이 몰아치는 가운데, 불타는 망자들의 불은 꺼지지 않았다.

그 불은 주변의 눈을 녹이지 못했다.

불덩어리 위에 눈이 내려앉은 모습은 이상하다 못해 기괴하기까지 했다.

놈들이 달려들자 아군 병사들은 화상을 입어 제대로 대처하지 못하였다.

훈련에 따라 움직였으나 최전방의 방패병들이 무너지며 물어뜯기기 시작했던 것이다.

불에 익어 가는 채로 잡아먹히는 희생자들 때문에 사기는 바닥을 치며 기어들었다.

"이 무슨 괴물 같은……."

이런 괴물들이 영지로 쳐들어왔다면 랭파인 공작은 막을 수 있었을까?

결코 불가능했을 일이다.

랭파인 공작은 무너지려는 정신을 붙잡았다.

[공작님의 역할은 그저 버티는 것입니다. 굳이 놈들을 참살해야겠다는 생각은 버리십시오. 제가 보스를 상대하는 동안만 버티면 합류하겠습니다.]

'그래, 승리할 필요는 없다.'

랭파인 공작은 1차적인 목표에 집중했다.

"밀집하라! 사제들은 최대한 방패병들을 치료한다!"

"예!"

사방에서 신성력이 터졌다.

베일리 교단에서 전투 사제가 지원되지 않았다면 작전을 포기할 뻔했다.

막대한 피해가 발생하고 있음에도 버티는 것은 오직 사제들 덕분이었다.

방패병들이 모조리 무너지기 직전.

랭파인 공작은 아론 오라클이 준 신성 폭탄을 던졌다.

여신께서 내려 준 소모품으로, 위급 시에 사용하라고 받은 물건이었다.

쿠아아앙!

강렬한 폭발과 함께 수십 미터 반경에 신성력이 터졌다.

치이이익!

불타는 망자들은 잠시 멈칫거렸지만, 검은 기류와 함께 회복을 시작했다.

병사들은 감히 전진해서 처리할 생각을 하지 못했다.

망자들은 회복 중인 동료들을 넘어 다시 전진했다.

"끼에에에엑!"

"꾸에에엑!"

괴물의 파도가 대지를 덮쳤다.

랭파인 공작은 자신도 모르게 신을 찾았다.

“여신이여! 제가 이 전투에서 살아남을 수 있다면 영원히 당신을 섬기겠나이다.”

쿠구구궁!

“큭!”

강렬한 진동이 육체에 전해졌다.

아론은 데스 나이트의 무식한 검을 힘과 요령으로 막아내고 있었다.

‘검술 숙련이 아니었다면 진즉에 무너졌다.’

데스 나이트는 지옥의 사령관이기 전에 저주받은 기사라는 설정을 가졌다.

기본적으로 검술이 뛰어나다는 뜻이었으며, 여기에 무식한 힘과 체력, 마법 등으로 무장했다.

또한 상태 이상에도 맞서야 했다.

[하급 화상을 입었습니다.]

[지속적으로 HP가 감소합니다.]

그때마다 말도르 경이 풀어 주긴 했지만 몸에 무리가 가는 것은 어쩔 수 없었다.

탓!

아론은 쓰러질 때마다 오뚝이처럼 일어나 전진했다.

블랭크와 참격으로 이어지는 스킬.

쿠아아앙!

통하지 않았다.

데스 나이트는 웬만한 공격을 검으로 쳐 냈으며, 갑옷에 맞는다고 해도 흠집만 날 뿐이었다.

퍼억!

푸학!

또 한 번의 자상.

아론은 자힐을 하며 버텼다.

쿠구구구구!

데스 나이트의 눈동자에서 검은 기류가 퍼졌다.

첫 번째 패턴, 어스 퀘이크다.

기본적으로도 놈의 근처에서 전투하게 되면 땅이 흔들리며 HP가 조금씩 하락한다.

고정 디버프가 들어가는 것이기에 이는 성기사가 해제할 수 없었다.

그것도 모자라 어스 퀘이크를 사용하는데, 가까이 있으면 즉사한다.

"모두 피해라!"

"예!"

성기사들은 빠른 속도로 물러났다.

이번 전투를 준비하면서 성기사들도 놀고 있었던 건 아니다.

아론은 고인물 유저 출신으로, 모든 보스의 패턴을 알고 있었다.

데스 나이트는 아주 오랜 시간 [DIE]를 보며 공략해 왔던 만큼, 성기사들에게도 그 패턴을 숙지시켰다.

대지가 흔들리며 땅이 갈라졌다.

지형이 폭발하며 용암이 분출했다.

치이익!

저기에 맞으면 몸에 구멍이 뚫린다.

미리 알고 대피하였기에 용암에 삼켜진 성기사는 없었다.

"후욱! 후욱!"

아론은 숨을 몰아쉬며 생각했다.

몇 초의 짧은 시간 동안 공략법을 떠올렸다.

[데스 나이트의 약점은 가슴의 핵이다. 어떻게든 갑옷을 깨는 것이 중요하다.]

[지금 시점에서 블랭크가 있으면 더할 나위 없지만, 그게 없으면 어쩔 수 없다. 악으로 깡으로 버티며 수십 번이라도 트라이하는 수밖에.]

데스 나이트는 다른 곳이 파괴되면 바로 수복한다.

재생하는데 오랜 시간이 걸리는 것도 아니고, 곧바로 팔다리가 자라났기에 핵이 파괴되지 않고는 절대 죽일 수 없다.

갑옷도 튼튼하고 재생까지 하는 괴물이기에 도저히 클리어할 수 없을 것 같지만, 방법이 없는 것도 아니었다.

심장 부위의 갑옷은 다른 부분보다 약했으며, 지속적으로 대미지를 가하다 보면 언젠가는 깨진다.

핵이 드러나면 데스 나이트가 발광하겠지만 어떻게든 검을 찔러 넣어 파괴해야 한다.

실로 무식하기 짝이 없는 공략이었다.

이래서 한 번에 데스 나이트를 잡는 것이 어렵다고 말하는 것이다.

이 단계에서 30% 이상의 유저가 게임을 접어 버렸으니, 그 난이도는 말할 것도 없다.

하지만.

[블랭크가 있으면 더할 나위 없겠지만…….]

지금 시점에서는 출현할 수 없는 스킬.

아론이 시스템을 역행했기에 얻어 낼 수 있었던 블랭크로 어떻게든 갑옷에 흠집을 낼 수 있을 터였다.

"미리엘!"

아론의 외침과 함께 천사 펫이 날아가며 어그로를 끌었다.

쾅!

아론은 지면을 박찼다.

블랭크와 함께 데스 나이트와 3m 정도 떨어진 공중에 나타났다.

스카이 보드로 허공의 발판을 밟고 다시 튕겨져 나갔다.

천사 펫이 어그로를 끄는 동안 블랭크를 사용해 곧바로 검을 뻗었다.

스스슷.

쿠아앙!

허공에 갑자기 나타는 검에 데스 나이트의 심장부 갑옷이 타격됐다.

물론.

서걱-.

"커어억!"

아론은 데스 나이트의 검에 몸이 베이며 튕겨져 나갔다.

놈에게 타격을 줄 수 있다고 하여 그것이 승리로 이어진다는 뜻은 아니다.

가능성을 조금이라도 높여 줄 수 있다는 것.

바닥에 처박힌 아론은 힐을 시전하며 포션을 삼켰다.

성수도 들이켰다.

"주군! 괜찮으십니까?"

"괜찮다. 경들은 철저하게 보조해라. 보스는 내가 상대한다."

아론은 다시 몸을 일으켰다.

지금은 HP가 회복되는 속도보다 잃는 속도가 빨랐다.

그래도 조금씩 간극이 좁아지고 있었다.

'클리어할 수 있다.'

데스 나이트에게 쇄도하는 아론의 눈이 빛났다.

퍼어억!

"커어억!"

아론은 하늘을 날았다.

이제 데스 나이트는 검기를 사용하기까지 했다.

단단한 몸에도 조금씩 대미지가 들어갔기에 위협을 느꼈던 것이다.

그 때문인지 놈의 검은 신경질적이었다.

철퍽!

눈밭을 구른 아론의 몸에서 연기가 피어났다.

전신 화상에 깊은 자상까지.

바로 포션을 뿌리고 힐을 시전했다.

빠르게 상처가 아물고 있었다.

'뒈질 것 같다.'

입 밖으로 욕이 터지려는 것을 간신히 찍어 눌렀다.

"주군! 괜찮으십니까?"

"물러나라!"

쿠구구궁!

아론은 사방에서 튀어 오르는 용암을 피해 블랭크를 썼다.

잭슨 경이 힐을 걸어 주며 물러났고, 말도르 경은 특성인 상태 이상 해제를 부여한 후 몸을 날렸다.

그들이 있던 자리가 시커멓게 탔다.

눈이 타들어 가지만 녹지 않는 광경이었다.

그러면서도 아론과 성기사들에게는 대미지를 입혔다.

결코 쉬운 전투가 아니었다.

'희망은 있다.'

데스 나이트를 쓰러뜨릴 각이 나오지 않았다면, 이 정도로 열심히 달려들지도 않았을 것이다.

보스의 패턴이 바뀌고 있었으며, 짜증을 내고 있다는 자체가 공격이 먹힌다는 증거였다.

아론은 다시 데스 나이트에게 달려들었다.

콰앙!

-어리석은 놈!

놈은 신경질을 내며 검기를 뿌렸다.

스걱!

팔뚝에 긴 자상이 생겼다.

잘못하면 팔이 잘릴 뻔했던 것이다.

게임 속에서는 신체 일부가 잘려 나갈 걱정은 하지 않아도 됐지만, 여기서는 아니다.

놈에게 당한 상처는 시커멓게 변색을 일으켰으므로 잘리기라도 하면 봉합할 수도 없을 것이다.

신성력이라도 만능은 아니었다.

이 거친 세상, 팔이 잘릴 수 있다는 생각에 머리가 쭈뼛 섰지만 아론은 공격을 멈추지 않았다.

그 순간 쓰러져 포기할 것 같았기 때문이다.

"나는 승리한다! 보상을 뱉어 내라!"

쿠구구궁!

말도르 카브란은 눈앞에서 일어나는 천지개벽을 눈에 담았다.

눈 폭풍이 몰아치는 가운데 지옥의 불길이 튀었다.

신성 군주는 그 틈을 비집고 들어가 어떻게든 데스 나이트에게 타격을 주려 노력했다.

성기사들의 눈에는 신성 군주가 인간 이상의 움직임을 보인다고 생각했다.

그리고 기어코 심장부를 타격했다.

콰광!

—어림없다!

데스 나이트의 말투가 바뀌었다.

처음에는 미지의 존재가 필멸자를 꾸짖는 것처럼 근엄했지만, 지금은 짜증을 부리며 쇄도하는 검을 쳐 냈다.

그때마다 아론 오라클의 상태는 엉망이 되어 갔다.

갑옷은 형태도 알아볼 수 없었다.

베이고 찢겨 너덜너덜하였으며 온몸에 화상을 입어 살점이 떨어졌다.

치이익!

성기사들이 달려들어 화상을 치료하거나 힐을 썼지만 완벽하게 회복되는 것은 아니었다.

그것의 반복이었다.

처절한 전투였다.

성기사들은 군주의 전투를 보며 감명 받았다.

'주군은 모든 기사의 귀감이다.'

'쓰러지지 않는 정신력. 누구도 저런 식으로 전투할 수는 없을 것이다.'

존경심이 절로 들었다.

슬슬 신성 군주의 체력도 떨어지고 있는 것 같았다.

숨이 가빠졌으며 상처를 입는 횟수도 늘었다.

하지만.

"여신이여, 당신의 종을 보호하소서!"

그가 신성력을 폭발시키며 달려들었다.

그러던 어느 순간.

쩌저적!

"허! 말도르 경! 데스 나이트의 갑옷 일부에 금이 갔습니다!"

"정확하게는 심장이다. 주군께서는 놈의 약점이 심장이라는 사실을 알고 계신다."

전투의 끝이 보였다.

"후욱! 후욱!"

숨이 찼다.

HP가 내려갔다 회복되기를 반복했지만, 인간은 게임 캐릭터가 아니다.

정신과 육체가 지쳐 가고 있었다.

그럼에도.

쩌저적!

놈의 갑옷 일부에 더욱 선명한 금이 갔다.

이것으로 알 수 있었다.

데스 나이트가 결코 무적은 아니라는 사실을.

아론은 오직 저 갑옷을 깰 수 있다는 생각만 했다.

암시라고 해도 좋다.

지금까지는 랭파인 공작이 잘 버티고 있을지, 아군이 데스 나이트 친위대를 맞아 죽어 나가고 있지 않을까 걱정했지만 모든 상념을 지웠다.

'이번에는 반드시 깬다.'

갑옷에 금이 갔다는 것은 깨지기 직전이라는 뜻이었다.

한 번이라도 좋으니 살을 주고 뼈를 취하는 공격에 성공해야 한다.

아론 스스로 미끼가 될 필요는 없었다.

"미리엘, 부탁한다."

아론의 근처에서 전투를 보조하던 미리엘이 고개를 끄덕였다.

펫은 죽어도 부활한다.

비록 3일을 기다려야 하지만 영원히 볼 수 없는 것이 아니다.

아론이 죽으면?

모든 것이 끝난다.

"가라!"

팟!

아론은 블랭크를 사용한 후, 데스 나이트의 머리 위에 나타나 미리엘을 집어 던졌다.

한순간이지만 데스 나이트가 움찔거렸다.

자신의 갑옷이 깨지기 직전이란 사실을 인지했기 때문이다.

그 찰나의 틈.

아론은 블랭크와 스카이 보드를 사용한 후, 중력을 이용해 빠른 속도로 하강했다.

그 속도 그대로 블랭크를 한 번 더 시전하여 데스 나이트의 눈앞에 나타났다.

"참격!"

흐트러지는 신성력의 잔상.

신성력을 가득 머금은 검이 데스 나이트의 갑옷을 뚫었다.

퍼어억!

성유물은 거기서 멈추지 않았다.

사정없이 갑옷으로 파고들며 데스 나이트의 핵을 꿰뚫었던 것이다.

그 순간.

[챕터 5를 클리어했습니다.]

[레벨이 올랐습니다!]

[10:20:00 만큼의 보상을 추가로 받습니다.]

[150p를 보상으로 받았습니다.]

[다이아 급 랜덤박스를 보상으로 받았습니다.]

[소환령을 얻었습니다.]

[흡혈의 반지를 얻었습니다.]

[강신 시스템이 오픈됩니다.]

“……!”

아론의 눈동자가 흔들렸다.

도저히 넘을 수 없을 것 같았던 적을 넘어섰다는 기쁨도 있었지만, 보상이 상상을 초월했기 때문이다.

데스 나이트를 죽이는 것은 디펜스 워의 분기점이다.

강신 시스템은 게임 전체를 변화시키기에 충분하였으며, 유저의 캐릭터가 강해졌다고 체감하게 되는 순간이기도 하다.

소환령과 새로운 시스템은 고정이었지만, 다이아 급 상자가 뜬 것은 굉장한 행운이었다.

여기에 더해 유니크 아이템까지.

감정을 해 봐야 알겠지만, 이름만 보아도 HP를 흡수할 수 있는 아이템일 테니 전투의 패러다임이 바뀔 수 있었다.

파아앙!

아론이 놀라고 있는 동안 신성 브호막이 확장됐다.

눈보라가 멈추었으며 시계 역시 맑아졌다.

‘정말 죽겠군.’

당장이라도 쓰러지고 싶었지만 그럴 수가 없다.

챕터를 클리어했다고 전투가 종료된 것은 아니었기 때문이다.

먼저 아군 진영을 살폈다.

방패병 일부가 무너지고, 불타는 망자들이 진영 내부로

파고들었지만 어떻게든 막아 내고 있었다.

보스가 죽으면서 불길이 미약해져 근처에 있는 것만으로는 화상을 입힐 수 없었다.

병사들은 빠르게 망자들을 밀어냈다.

아론은 안심할 수 있었다.

물론, 데스 나이트를 상대하면서 피해가 없을 수는 없다.

진영이 무너지지 않고 버틴 것만 해도 대단한 성과였다.

"주군! 괜찮으십니까?"

"괜찮다."

아론은 치료부터 했다.

레벨 업을 하면서 대부분의 상처가 치유되고 있었지만, 빠르게 몸을 정상화할 필요가 있었다.

"다행입니다."

말도르와 잭슨 경의 상태도 사실 좋은 것은 아니었다.

아무리 잘 피해도 화상 대미지가 지속적으로 들어왔다.

지옥의 망자 일부를 상대해야 했기에 온갖 상처를 달고 있었다.

다행히 빠르게 회복하긴 했다.

"고생 많았다."

"아닙니다. 괴물을 쓰러뜨린 것은 바로 주군이십니다. 저희는 별로 한 일이 없습니다."

"후우."

아론은 숨을 몰아쉬었다.

차가운 공기가 폐부를 뚫고 들어왔다.

보스가 죽자 지옥의 군단이 약화된 것이 피부로 느껴졌다.

놈들의 일부가 도주하기도 하였으니 추후 토벌하는 것이 좋을 것 같았다.

“가자. 모든 것을 끝낼 것이야.”

“예!”

차가운 설원 위에 시신이 쌓이고 있었다.

생각보다 피는 많이 튀지 않았다.

피보라가 터지기 전에 상처가 익어 버렸으므로 지혈 효과를 가져다준 것이다.

그렇다고 피해가 없는 것은 아니었다.

‘대략 삼백. 뼈아픈 손실이지만 랭파인 공작을 끌어들이지 않았다고 가정하면 이보다 10배는 심했다.’

상상만 해도 끔찍했다.

5천이나 되는 지옥의 군단이 평원에서 부딪치면 최소한 반 이상 죽을 각오는 해야 한다.

지금까지 아론이 플레이해 왔던 결과가 그랬다.

그마저도 최대한 병력을 보존한 수치였다.

실질적으로는 데스 나이트를 상대하는 것조차 버거웠다.

대부분의 손실은 방패병이었다.

그 사이사이를 파고들어 창병이나 검병이 죽기도 했지만 그 숫자는 적었다.

아론은 멀리서 신성한 일격을 날리며 존재감을 과시했다.

콰과과광!

신성력이 사방으로 번졌다.

여기에 더해 보유하고 있던 신성 폭탄을 던지자 망자들이 분쇄되었다.

보스가 죽은 이상, 놈들은 더 이상 소생하지 못했다.

데스 나이트의 흑마기로 되살아났었지만 이제 그럴 수 없는 것이다.

아론이 나타나자 HP 회복이 가속된다.

힘과 체력 역시 올라갔으므로 병사들의 입에서 환호성이 터졌다.

"신성 군주께서 오셨다!"

"와아아아아!"

병사들이 빠르게 적을 몰아내기 시작했다.

아론은 마이어 경으로부터 지휘권을 인수받았다.

"이 정도 피해로 막느라 수고했다."

"아닙니다. 더 많은 병사들을 살리지 못해 송구스러울 따름입니다."

"필요하다면 소생하겠지."

병사들이 죽음을 각오하고 싸울 수 있는 이유였다.

소생을 본 순간, 천국이 존재한다고 믿었으며 소명이 남았다면 소생할 수 있다는 믿음이 있었다.

슬퍼할 이유는 없다.

기병은 말도르 카브란이 지휘권을 인수했다.

"쓸어버려라!"

"예! 가자!"

중갑 기병이 드디어 출병했다.

데스 나이트가 살아 있을 때는 도저히 기병을 사용하지 못했다.

워낙 불길이 거세고 땅이 흔들려 말이 질주할 수 있는 환경이 아니었기 때문이다.

하지만 지금은 기병을 사용하기에 적절했다.

망자들의 불길은 거의 사라져 있었으니까.

중갑을 입은 전투 마는 화상 대미지를 받지 않았다.

두두두두!

중세의 전차가 출격하자 순식간에 망자들이 쓸려 나갔다.

지휘관을 잃어 조직화되지 못했고 패배했다는 것을 인지하여 도주하는 놈들이 속출했다.

몇 번 정도 기병 돌격을 감행하자 이곳에 모여 있던 적들은 와해됐다.

말도르는 더 이상 놈들을 쫓지 않았다.

신성 보호막 안에 있는 이상 토벌은 어렵지 않았으니까.

"저쪽은 지옥입니다."

마이어 경이 보고했다.

아론은 고개를 돌려 랭파인 군의 상황을 확인했다.

지금까지는 검은 안개와 눈보라가 뒤섞여 시계가 흐렸지만 이제 맑아졌다.

생각보다 가까운 곳에 위치해 그들이 어느 정도 피해를 받았는지 확실히 보였다.

"가만히 두면 전멸하겠군."

"이미 반 정도는 죽었습니다. 피해가 심각하군요."

여기저기 널려 있는 시신.

그들은 힘겹게 버티며 퇴각할 생각조차 못 했다.

그 순간 망자들이 달려들 테니까.

"오히려 잘된 일일지도 모르지."

"예?"

"숫자가 좀 줄어야 병합하기 쉬울 것 아닌가."

제9장
정해진 선택

퍼억!

"아아악!"

랭파인 공작의 눈앞에서 호위기사의 목이 뜯겨 나갔다.

동시에 기사의 몸이 불탔다.

눈보라가 치는 가운데 불타는 적을 상대한다는 것은 생전 듣도 보도 못한 전투였다.

이런 날씨에는 불이 붙었다가도 꺼지는 것이 상식 아닐까?

대지는 흔들려 균형도 잡기 힘든 상황에 희생자가 늘어가고 있었다.

사기는 뚝 떨어졌다.

단순히 버티기만 할 뿐임에도 도저히 싸울 엄두가 나지

않았다.

'병력이 반토막 났다.'

랭파인의 몸이 떨렸다.

영지에서 보급해 온 방패는 쉽게 박살 났고, 병사들의 실력도 변변치 않았다.

오라클 공작이 보급해 준 스파이크가 아니었다면 벌써 몰살당하고 남았다.

화아악!

절망에 빠져 모든 것을 포기해야 하나 싶은 순간.

"신성 보호막이다!"

"눈보라가 그쳤어!"

병사들의 얼굴에 희망이 피어났다.

이곳이 다시 여신의 땅으로 선포되고 기후가 바뀌었다는 것은 아론 오라클이 데스 나이트를 처리했다는 뜻이 된다.

예상대로다.

생각보다 가까운 곳에 위치했던 보스가 쓰러져 있었다.

아론 오라클은 검을 바닥에 꽂은 채 치료 중이었다.

너덜너덜한 갑옷과 여기저기 흐르는 피.

전투가 얼마나 격렬했을지는 충분히 예상할 수 있었다.

이곳 상황에 비해 오라클 영지군은 대부분 생존했다.

끈질기게 버티며 불타는 망자 정예를 막아 냈던 것이다.

아론 오라클이 참여하자 순식간에 적이 쓸려 나갔다.

마침내.

"신성 군주께서 오셨다!"

"와아아아아!"

광란의 도가니였다.

아론 오라클이 오자마자 사기가 반전됐다.

순식간에 늘어난 군대와 기병의 운용으로 망자들이 사방팔방으로 도주하기 시작했다.

구원에 성공하자 말도르 카브란이 기병을 이끌고 망자들을 추격했다.

값진 승리를 이루었으나 랭파인 공작의 머리는 복잡해졌다.

이제 오라클 공작이 무슨 말을 꺼낼지 충분히 짐작되었기 때문이다.

'앞으로 나는 어떻게 해야 하나?'

5챕터를 클리어했다.

데스 나이트를 상대하는데 죽을 고비를 넘겼지만, 기어코 승리했던 것이다.

죽지 않고 한 번에 클리어한 것은 이번이 처음이다.

하긴, 현실에서 죽었다면 그대로 아론이 알던 세상은 끝났을 테니 당연한 일인지도 모른다.

랭파인 공작군의 피해는 예상대로 심각했다.

거의 반절에 이르는 병력 피해를 봤다.

부상자도 많았으니 실질적인 손실은 그 이상이라고 봐야 했다.

분위기는 나쁘지 않았다.

한마디로 표현해 광란 그 자체였다.

여신의 기적(?)으로 어려운 상대를 격파했으니 당연한 결과다.

"모두 고생했다!"

"와아아아아!"

"아론! 아론!"

"아론! 아론!"

평야에 울려 퍼지는 이름.

아론은 랭파인 공작에게 걸어갔다.

우선은 인사치레다.

"고생하셨습니다."

"아닙니다. 저는 버티는 것밖에 할 수 있는 일이 없었죠. 고생은 귀하가 하셨습니다."

랭파인 공작이 고개를 숙였다.

강자에게 보내는 경외였다.

이 감정만큼은 진심일 것이다.

하지만 아론은 곧바로 민감한 주제를 꺼냈다.

"앞으로 어찌하실 겁니까?"

"예?"

"적들의 침공은 더욱 거세집니다. 솔직히 말해 여신의 가호를 받지 않는다면 살아남기 힘듭니다."

"……."

랭파인 공작은 입술을 짓씹었다.

그 역시 이번 일을 겪고 깨닫는 바가 있었다.

혼자서는 결코 살아남을 수 없음을.

그 점을 아론이 찔렀다.

"선택권을 드리겠습니다."

"선택권이요?"

"여신의 가호를 받을 것인지, 말지."

"……!"

모두가 두 공작의 대화에 집중하고 있었다.

랭파인 공작의 선택에 따라 영지의 운명이 바뀌기 때문이다.

"어느 정도 협상을……."

"불가합니다."

"어째서 말입니까!? 우리는 함께 싸운 전우입니다."

"정치 싸움을 할 만큼 상황이 녹록지 않기 때문입니다. 우리를 이끌어 나갈 수 있는 분은 오직 하나, 여신뿐입니다."

아론은 밑으로 들어오라는 소리를 고상하게 표현했다.

여신이 이끈다?

신정 일치를 구현했으니 아론이 이끌어 가겠다는 완곡한 표현이었다.

그래도 선택지는 주었다.

“즉답하셔야 합니다. 믿음이 없으신 분과 함께 갈 수는 없으니까요.”

“이, 이 자리에서 선택해야 합니까?”

“예.”

랭파인 공작의 몸이 덜덜 떨렸다.

‘오라클 공작의 말이 맞다. 앞으로는 이보다 강력한 적이 계속 등장하겠지. 그런 상황에 고집을 피운다는 것은 모든 백성을 죽이는 것과 같다.’

데스 나이트를 겪지 않았다면 이렇게까지 생각하진 않았을 것이다.

하지만 이번 전투가 워낙 위험했다.

랭파인 공작은 군대의 반을 잃었다.

앞으로 자력 생존은 결코 불가능한 것이다.

결국 그는 모든 것을 내려놓았다.

“부디 자비로운 통치를 바랄 뿐입니다.”

‘됐군.’

짝짝짝짝!

박수갈채가 쏟아졌다.

랭파인은 제국 3대 공작으로서 특권 의식이 있었을 텐데, 그것을 전부 내려놓으니 모두가 경외를 표했다.

협상이 타결되자 아론과 랭파인은 악수를 했다.

'총인구 11만. 그리고 병력은 1만을 헤아리게 되었다.'

세계가 멸망해 가고 있다는 것을 생각하면 실로 어마어마한 힘이었다.

건국이 머지않았다.

챕터를 클리어한 후에는 바로 전후 처리에 들어갔다.

전사자를 대충 처리하면 군대의 사기가 떨어진다.

경제 자체가 존재하지 않았기에 유족 연금까지는 실행할 수 없어도 최소한 시신을 수습한 후 장례는 치러 주어야 한다.

병사들과 베야드 요새의 인부들이 동원돼 시신을 처리했다.

간단하게 장례식도 치렀다.

전우가 죽었기에 슬퍼하는 것은 당연했지만, 필요 이상으로 사기가 떨어지지는 않았다.

여신의 이름으로 장례한 것이기도 했지만 '순교' 한 자들이 천국에 거할 것이라는 믿음 때문이었다.

또한 사명이 남아 있다면 부활할 수 있음을 목격했기에 전의를 잃을 정도로 슬픔에 잠기지도 않았다.

그리고 마침내, 며칠 내로 연설이 시작될 것이다.

실질적으로는 합병식이다.

랭파인 공작이 굴복함에 따라 두 세력이 병합될 것이다.

오라클 영지 우위 병합이다.

그날 밤, 아론은 랭파인 공작과 독대했다.

정확하게는 요청이 있었다.

"제게 할 말이 있다고요."

"저희들의 처우에 대해 묻고 싶습니다."

"처우라……."

랭파인 공작의 말은 모든 것을 포함하고 있었다.

공작 본인과 그를 따르는 가신과 기사, 병사에 이르는 처우였다.

질문이 매우 포괄적이었다.

하지만 답변하지 못할 만큼 곤란한 것도 아니었다.

"관료제를 생각 중입니다."

"관료제요?"

"계약으로 이루어진 지방 분권은 군주의 힘을 약화시킵니다. 명백한 적이 눈앞에 있는데 내분이 일어나는 것은 바람직한 일이 아닙니다. 인간 세력들이 나뉘면 어떤 일이 발생하는지 보셨겠죠. 그러니 모든 도시와 마을에 책임자를 파견하고 중앙 집권 통치를 해야 합니다."

"중앙 집권이라……. 고대 제국처럼 말이군요."

"그보다 힘이 군주에게 더욱 집중되어 있지요. 신정 일치니까요."

"독재자가 되어 권력을 휘두르고 싶은 겁니까?"

"설마요. 제가 여신께 계시를 받는다는 사실은 인정하실 겁니다. 오직 그분의 뜻에 따라 통치하는 것이며, 세계가 안정된 이후에는 다시 계시를 받아야 합니다."

"허……."

랭파인 공작은 어떤 반박도 하지 못했다.

여기서 부정은 여신을 부정하는 것이 되는 거니까.

오늘 전투 이후로 랭파인 가문 대부분의 사람들은 신도가 되었는데, 종교 지도자를 부정하는 말 따위는 할 수 없었다.

"하면, 기존의 신분제는 무너진다는 뜻입니까?"

"앞으로는 능력에 따라 직위가 부여됩니다. 그것이 가장 효율적인 시스템이기 때문이죠. 당분간 그 체제를 유지합니다. 물론, 제 독단으로 정치하는 일은 없습니다. 여신의 뜻에 따릅니다."

아론은 독실한 신성 군주를 연기했다.

눈에 열망을 담아.

영혼에 믿음을 담아.

"혈통에 의한 신분제가 무너지고 여신께서 관여하는 집단이 탄생하겠군요. 설마 건국을 생각하십니까?"

"조건은 모두 갖추어졌습니다."

"……!"

아론은 건국에 필요한 힘을 얻었다.

이 정도로 영토가 넓어졌는데 일반적인 영지라고 보기는 어렵다.

왕국과 제국 영토를 포함하고 있었기에 양쪽에 적이 생길 것은 명백한 일이다.

건국을 하지 않는 것이 더 이상한 일이다.

"영토는 여신의 힘이 미치는 지역까지. 그 이상은 탐낼 이유가 없습니다."

랭파인 공작은 아론이 정말로 여신의 뜻에 따라서 살아간다고 생각했다.

내심은 달랐지만.

'신성 보호막은 계속 확장된다. 내가 원하지 않아도 강제로 영토가 넓어질 테니, 그 외의 지역을 탐할 이유가 없는 거지.'

공작이 물러간 후, 아론은 생각에 잠겼다.

랭파인 가문을 흡수한 후 공작은 어떻게 처리해야 하는가.

분명히 현재의 직위는 유지할 수 없을 것이라 말했지만, 그의 가신들이나 백성들도 동의할지는 의문이었다.

그렇다고 직위를 유지시킨다?

앞으로도 수많은 세력들이 아론에게 편입될 것이었는데, 그때마다 지위를 인정해 준다면 개판이 되고 말 것이다.

'이는 선택의 문제가 아니다.'

길을 정했으면 밀어붙여야 한다.

여러 가지 문제가 발생할 가능성이 높았으나, 어물쩍 넘기는 것보다는 확실하게 노선을 정하는 편이 좋았다.

정리를 마치자 오히려 마음은 홀가분해졌다.

반발이 일어날까 두려워 군주가 정한 길을 비튼다?

중세의 현실이 어떤지는 몰라도 최소한 '디펜스 워' 세계관에서는 자멸하는 길이었다.

한번 정한 길을 우직하게 밀고 나가는 수밖에 없었다.

"이제 보상의 시간이다."

챕터를 클리어한 직후 지금까지 너무 바빠서 시간을 낼 수 없었다.

밤늦게, 그것도 자정이 다 될 두렵이 되어서야 시간이 났던 것이다.

먼저 스탯 관련이다.

데스 나이트와 일전을 벌이며 느낀 것은 민첩을 무시할 수 없다는 점이었다.

체력과 힘은 기본으로 깔고 가되, 민첩 스탯이 10을 넘기지 못하고 있었으므로 최소한 두 개 정도는 더 찍어야 했다.

운이 좋아 엘릭서를 얻게 된다면 민첩을 더 찍는 것도 고려해 봐야 한다.

이번에는 민첩에 투자해 주었다.

스탯: 체력(11+3) 정신(5+2) 힘(15+7) 민첩(7+2) 지혜(3+2) 신성력(1+4)

스킬 포인트는 잠시 그대로 둔다.

다이아 급 박스에서 스킬이 나올 수도 있었고, 포인트 상점을 열면 쓸 만한 스킬이 있을지도 몰랐으니 맨 나중에 찍어야 한다.

정 찍을 스킬이 없으면 신성한 오라에 투자하면 되는 일이었고.

먼저 아이템 감정.

흡혈의 반지

등급: 유니크

물리 방어력: 20

마법 방어력: 20

내구도: 30/30

추가 옵션
공격 시, 전체 HP의 1% 회복.
모든 스탯 +2

뱀파이어 영웅 발테란의 반지
-왕국은 무너졌으나 그 이름은 영원하리라-

"……!"

아이템의 격 자체가 높아졌다.

초반에 얻을 수 있는 어설픈 유니크가 아니라 중반부에도 충분히 활약할 수 있는 만한 옵션을 갖추었다.

공격을 적중시킬 때마다 HP를 1%씩 회복한다는 것만 해도 전설 급 장비 부럽지 않은 옵션이었다.

방어력이 높아지면 적의 공격을 맞아 가면서도 전투할 수 있다는 뜻이다.

여기에 흡혈 기능이 있는 아이템이 두 피스 정도만 추가되면 실로 엄청난 위력을 발휘한다.

시작이 나쁘지 않았다.

다음은 랜덤박스 개봉.

최초의 다이아 급 랜덤박스였다.

디펜스 워가 최악의 난이도를 가졌다고 해도 등급이라는 것이 존재했으므로 다이아 급에서 가챠가 망할 가능성은 현저히 낮았다.

숨을 몰아쉰 아론이 랜덤박스를 열었다.

[아이템, 스킬, 영웅 중에서 원하는 것을 획득할 수 있습니다.]

이번 챕터를 클리어하며 가장 두드러지는 변화는 바로 강신 시스템이었다.

여러 경로를 통해 획득한 영웅 컬렉션을 소환해 강신시키는 것으로 일종의 변신이라 보면 됐다.

시간은 10분에 한정하며 쿨타임이 3일이었으므로 보스전에 특화된 시스템이었다.

좋은 영웅을 뽑으면 그만큼 보스전의 난이도가 낮아지는 법.

아론은 망설임 없이 영웅을 선택했다.

곧 찬란한 빛이 집무실을 휘감았다.

제10장
건국

제115화. 건국

[빛의 용사 마르하센이 컬렉션에 추가됩니다.]

"마르하센?"

아론은 감았던 눈을 떴다.

영웅의 단계는 아이템과 마찬가지로 총 다섯 단계로 구분된다.

마르하센이라면 레어 급에 해당되는 영웅으로, 능력치를 증폭시켜 주는 효과를 가지고 있었다.

아론은 곧바로 정보를 확인해 보았다.

빛의 용사 마르하센

등급: 레어

강신 시간: 10분

쿨타임: 72시간

모든 스탯 200% 증가.

방어력 50% 상승.

신마대전에서 지대한 공을 세운 성기사들의 영웅.

-여신을 위하여 이 한 몸을 희생하리라-

“성기사 출신이기에 기본적으로 검을 사용하지. 상성이 괜찮아. 그렇다면.”

아론은 탱, 딜, 힐의 포지션을 가지고 있었지만, 기본적으로는 검술이 강해야 적을 살상하는데 유리했다.

혹시 검 계열 영웅이 아닌 마법계 영웅이 튀어나왔다면 마법까지 사용하는 것으로 고려했겠지만, 그럴 필요가 없어졌다.

언제 또 레어 영웅이 등장할지도 알 수 없는 일이었고.

한국에서는 ‘아끼다 똥 된다’ 라는 말이 있었는데, 디펜스 워야말로 그러한 진리를 관통하는 게임이었다.

뭔가 아끼는 순간 [DIE]를 본다.

얻어 낸 것은 모조리 투자하는 습관을 들여야 한다.

아론은 이번에 얻은 150포인트를 모조리 투자해 스킬을 하나 구매했다.

중급 검술 숙련

1레벨 마스터 패시브.
세상의 모든 검술을 종합한 중급 기본기를 마스터한다.

이미 기본 검술 숙련이 전투에 얼마나 큰 도움을 주는지 경험했다.
배우기만 하면 마스터이며 패시브이기까지 하다.
디펜스 워에 얼마 없는 혜자 스킬이라 할 수 있었다.
바로 습득한다.

[중급 검술 숙련을 마스터했습니다.]

동시에 쏟아져 들어오는 지식들.
기본 검술을 마스터했을 때와는 또 다른 느낌이었다.
온갖 무학이 집대성된 카테고리에서 심화 과정을 다룬다.
액티브 스킬은 아니었지만, 검술의 요령이 한차례 더 발전했다.
검술 숙련과 이번에 얻은 영웅의 조합이 꽤 잘 맞을 것이다.

이것으로 됐다. 얻을 수 있는 보상은 다 얻었으니까.
마지막으로.

[2145:45:56]

다음 챕터까지 남은 시간을 계산해 봤다.
"대략 3개월인가."
길다면 길고 짧다면 짧은 시간.
챕터에 따라 다르지만 주기가 짧은 구간도 존재한다.
하지만 대부분은 이런 식으로 기간이 길게 잡혀 있었다.
디펜스 워는 단순히 적을 막는 것만이 아니라 그 과정 역시 중요하게 다루고 있었다.
그 과정에서 조금이라도 삐끗하면 다음 챕터를 클리어할 수 없게 되는 것이다.
"우선은 건국. 이후에는 내정을 시행하여 최대한 국력을 키운다. 봄이 되면 수확 철이 되니 경제 역시 재건할 수 있겠지."

바르다힌 평야로 모든 백성이 이동해 왔다.
이틀간 전 병력이 동원되어 신성 보호막 내부를 청소했고, 영내에 몬스터나 마물은 찾아볼 수 없게 되었다.
병력이 늘어난 만큼 군사 행동이 빨라졌다.

신성 보호막은 제국 국경을 한참이나 넘어 랭파인 공작령의 반을 뒤덮게 됐다.

그들이 이동해 오는데 아무런 문제가 없다는 뜻이었다.

오늘 모든 일정이 중지됐다.

광산에서 일하던 죄인들까지 모조리 불려 왔기에 백성들은 본능적으로 오늘 중요한 행사가 있을 것임을 예상했다.

건국식은 나름 깜짝 발표였다.

별의별 소문이 다 돌고 있는 가운데 식장은 야외로 지정됐다.

단상 하나가 끝이었다.

가신들은 너무 조촐한 것 아니냐고 말했다.

"주군, 그래도 건국식인데 신경을 더 쓰는 편이 좋지 않습니까?"

"나도 그러고 싶지만 어쩔 수 없다. 재화로 쓰일 무엇도 존재하지 않는 상태니까."

세상에 이 정도로 초라한 건국식은 어디에도 없을 것이다.

선사 시대 부족 사회에서 연맹 국가가 성립되는 과정도 아니었는데, 권위란 그 어떤 것도 찾아볼 수 없는 행사였다.

아론은 치트 키를 써서 가신들의 입을 닫게 했다.

"여신께서 보고 계신다. 형식은 중요하지 않음이다."

신정 일치 사회에서 신을 들먹이는 것만큼 확실한 방법도 없다.

신전이 부패한 것도 아니고, 여신이 직접 지상에 힘을 행사하는 것처럼 보이는 세상이었으니 더욱 잘 먹혔다.

나름 옷은 잘 갖춰 입었다.

"에리아 경."

"예, 주군."

"랭파인 가문 사람들의 반응은 어떤가?"

"아직은 반신반의하고 있습니다."

"주로 이번에 끌려온 백성들이 그렇겠지."

"예, 그들은 신성 보호막을 신기해 하긴 해도 기적을 직접 목도한 것은 아니니까요."

"그게 맞다."

아론은 딱히 큰 문제는 아니라고 생각했다.

건국 초기에 진통이 일어나는 것은 당연한 일이었다.

아직 랭파인 가문 사람들의 믿음이 적다?

인간은 직접 본 것을 믿는다.

기적에 대한 소문 자체는 풍성했으니 통합의 문제는 해결될 것이다.

"준비는 끝났습니다."

"가지."

행사장은 꽤 조촐했다.

사실, 사람들은 뭔가 예식이 진행될 것이라고는 생각지 않았다.

건국식이라고는 더더욱 생각하지 않았던 것이다.

총 10만 명이 넘어가는 인파.

어마어마한 인원을 보니 감회가 새로웠다.

여자나 노약자가 대부분을 차지했지만 그들이 곧 생산력이었다.

“신성 군주께서 입장하십니다.”

“와아아아!”

우레와 같은 박수와 함성.

영내에서 아론의 인기는 정말 대단했다.

여신을 대리하는 자.

신과 소통해 직접적으로 대화가 가능한 존재라고 인식되었기에 인기가 없을 수 없었다.

그는 신정 일치를 구현하였으므로 군주임과 동시에 교단 최고의 지도자였다.

아론은 사람들을 가로질러 단상에 올라왔다.

‘이제는 미룰 수 없지.’

백성들은 출신지가 다양했다.

국가로 치면 3개국이며, 영지로 나누면 셀 수도 없다.

여기저기서 난민으로 흘러온 자들이 많았으니까.

당장은 통치에 문제가 생기지 않았지만, 내정을 하는 기간이 되면 화합하지 못할 것이다.

종교 외에도 그들을 통합할 수 있는 구호가 필요했다.

종교가 초자연적인 통합의 상징이라면 세속적으로도 백성을 통합할 수 있는 구조가 있어야 하는 것이다.

데스 나이트가 분기점이라고 여겼던 것도 지금쯤 국가를 형성해야 하기 때문이었다.

이는 선택의 문제가 아니다.

아론은 연단에 서서 백성들을 바라봤다.

기대에 찬 눈빛들.

분위기가 고조되기 시작하자 확성기를 통해 연설을 시작했다.

"여신께서 말씀하시길, 잿더미 위에 인간이 살 수 있는 세상을 건설하라 하셨다. 나는 베일리의 사도로서 그분의 말씀을 따랐고, 온갖 역경을 이겨 내며 인류 최후의 보루를 건설하였다."

"……."

백성들은 고개를 끄덕였다.

구구절절 옳은 말이었으니까.

"우리는 알고 있다. 이 땅을 여신께서 가호하심을. 또한 그분의 기적을 수도 없이 체험했다. 지금 이 순간에도 기적은 일어나고 있으며, 우리는 인류 최후의 왕국을 건설하려 한다."

"……!"

이제야 백성들은 깨달았다.

아론이 하고자 하는 연설의 본질을.

“여신의 왕국은 오직 그분의 뜻으로 통치된다. 세속의 삿된 기준을 댈 수 없으며, 지고한 가치를 기준으로 할 것이다. 베일리께서 정하신 신성한 이념에 따라 원칙을 실현할 것이며, 그 뜻을 모두 함께 실현한다. 그러한 의미로 나는 이 자리에서 경건한 마음을 담아 신성 오라클 왕국이 건국되었음을 선포한다.”

기습(?)적으로 건국이 완료된 후, 아론은 무리를 하면서까지 하루의 축제를 선포했다.

건국식이 초라할 수는 있다.

그렇다고 건국이 끝난 직후 모인 백성을 일터로 바로 돌려보낼 수는 없었다.

사기를 생각해서라도 그래서는 안 되었다.

건국은 기쁜 날이며, 앞으로도 공식 국경일로 지정될 것이다.

단순한 국가도 아니고 신성 왕국이 건설되었는데 자비를 베풀지 않는다? 그건 그냥 분열하라는 소리와 마찬가지다.

기쁨은 백성들만 누리는 것이 아니었다.

바르다힌 시청 회의실에는 가신들도 기대에 가득한 얼굴로 논공행상을 기다리고 있었다.

‘내가 보기에 직위라는 것은 그저 사람을 갈아 버리기

위한 수단이라고 생각하지만.'

그건 군주의 입장이고.

가신들은 정식 직위를 갖고 명예를 얻게 된다.

신성 오라클 왕국은 완벽한 신정 일치 국가로, 중앙 집권제를 추구하지만 그 안에 권력이 없는 건 아니다.

논공행상이 제대로 되지 않으면 국가는 무너지게 되어 있다.

"모두 고생했다. 경들은 개국 공신들이다."

"황은이 망극하옵니다, 폐하."

"신성 왕국이 성립되고 국격이 올라간다 할지라도 크게 바뀌는 것은 없다. 지금까지 그래 왔듯 열심히 일하면 되는 것이다. 우리는 오직 여신의 뜻을 행하며, 그분의 뜻에 따라 대륙을 구원해야 한다는 사실을 명심하라."

"왕명을 받드옵니다."

"그럼에도 논공행상을 하지 않을 수는 없지."

"……."

기대감이 높아지고 있었다.

"그 전에 경들이 하나 알아야 할 일은 신성 왕국이 중앙 집권제이며, 봉건 사회처럼 분봉할 수는 없다는 점이다. 지금은 개인이 권력을 얻을 수 없는 사회. 살아남기에도 벅차기 때문이지. 지금의 임명은 성과제이며 몇 년마다 평가하여 작위가 바뀔 수 있다. 그 점을 알아주었으면 한다."

"능력에 따라 직위를 받는 것은 실로 이상적인 국가의 모습입니다."

"맞다. 지금껏 수많은 제국(諸國)들이 멸망한 것은 내부에서 권력 경쟁이 과도했기 때문이다. 멸망 직전까지 권력을 잡으려 다투었기에 멸망한 국가가 많다. 허나 신성 왕국은 다를 것이다. 모든 통치는 여신의 신탁을 통해 이루어진다. 이 시점에 여신의 통치를 의심하는 자는 없을 터."

가신들은 고개를 끄덕였다.

일상이 기적인 국가의 기조를 모시한다는 것은 쫓겨나 죽고 싶다는 뜻이다.

아론은 개국 공신들의 동의를 받아 냄에 따라 권력을 공고히 했다.

공신들의 권력이 비대해져서는 안 된다.

마침 딱 맞은 명분도 있었다.

오직 여신의 뜻에 따라 다스린다는 것.

그 밖에 여러 장치도 해 두었으니, 누군가가 다른 뜻을 품을 수 있는 여지는 없었다.

"작위를 내리겠다. 공작에 마이어 경과 카일 경을 임명한다."

"화, 황공하옵니다, 폐하!"

"신성 왕국 만세!"

"후작에 칼슨 경과 레미나 경, 말도르 경을."

"컥! 감사합니다!"

쭉쭉 작위가 임명되었다.

사실 작위는 명예직이라고 해도 과언이 아니다.

실질적인 권력은 보직에서 나왔으니까.

굳이 작위를 내린 것은 그것이 익숙해서 그렇다.

개국 공신이 되었는데 명예직도 내리지 않는다면 국가의 체제가 무너진다.

중세에는 중세에 맞는 해법이 있다.

공작에서 남작에 이르기까지, 모든 가신이 작위를 갖게 되었다.

신성 왕국이지만 교단의 핵심 인사들도 작위로 묶어 버렸다.

종교와 정치가 다르지 않다는 사실을 각인시켰던 것이다.

"마지막으로."

제신들이 고개를 들었다.

논공행상도 마무리되었기에 좀 쉬고 내일이나 되어야 정책을 펼 것이다.

이제 회의가 마무리될 터였다.

"여신께서 계시하시길, 지금껏 죽은 기사들 중에서 사명이 남은 자들을 소생시킬 것이라고 하시었다."

"……!"

아직 이벤트 하나가 남았다.

제11장
사명

축제가 한창인 바르다힌 시.

그 가운데 특수 정보부 요원들이 사람들을 풀었다.

호객꾼은 처음부터 오라클 영지의 병사들이었던 자들이다.

그 충성심은 말할 것도 없었고, 몇 번이나 이런 일에 동원되다 보니 백성들 사이에 제법 잘 녹아들었다.

거리 어디서든 술과 음식을 찾아볼 수 있었다.

건국을 한다고 출혈을 감수했다는 것을 백성들도 뻔히 알기에 혼자 너무 과하게 술과 음식을 먹지는 않았다.

그럼에도 술은 간만에 마시는 것이라 조금만 먹어도 취기가 올라왔다.

"자네들 그거 들었나? 기사들이 살아서 돌아온다던데."

"기사들이 살아서 온다고?"

"그렇다니까."

"이햐, 저번에는 병사들이 생환했었는데, 오늘은 기사들이 부활하나?"

"사명이 남아 있는 것 아니겠나."

병사들이 생환하는 모습을 보았던 자들은 흠칫거리고 말았지만, 랭파인 영지 출신은 그렇지 않았다.

"이보게! 정말로 기사님들이 생환한다던가?"

"우리 영지에서는 그리 신기한 일도 아니라네."

"사실이라면 놀라운 일인데?"

"놀랄 일이 아니라니까 그러네."

"허어."

백성들은 믿지 못하겠다는 표정이었다.

심지어 랭파인 출신 기사들이나 병사들도 마찬가지였다.

"주군께서 기사들을 부활시킨다고?"

"어허, 여신께서 주군을 통해 기적을 행사하시는 거지. 오늘이 건국 기념일 아닌가? 여신의 나라가 건국되었는데, 이 정도 기적은 당연하지."

"말도 안 돼."

사람들은 반신반의했다.

물론, 몇 번이나 교차 검증을 통해 병사들의 생환은 알고 있었지만 기사들의 생환이라니.

이게 말이 되나 싶었던 것이다.

소문이 퍼지는 것은 순식간이었다.

별다른 놀이가 없는 세상에서 여신의 기적만큼이나 사람을 흥분하게 하는 일은 없었다.

아론의 명령은 충실하게 이행되었다.

일반인으로 위장해 도시 내부를 살펴보니 기대감이 고조되고 있었다.

반나절의 시간은 소문이 퍼지기에 충분했다.

어디를 가도 그 이야기뿐이었다.

이런 종류의 소문은 굳이 특수 정보부까지 동원되지 않아도 빠르게 번지게 되어 있었지만, 아론은 모든 사람이 알았으면 했다.

구체적인 기적의 시간도 나왔다.

[오늘 오후 4시, 건국식을 진행했던 평야에서 기적을 선보일 것이다.]

소문이 적절하게 퍼지자 게시판에 시간과 내용을 게시했다.

반응은 더욱 뜨거워졌다.

적당히 술도 마셨겠다, 기적이 일어난다고 홍보까지 해

주니 광란으로 바뀌기 직전이었다.

“주군, 명령을 이행하였습니다.”

“고생했다. 별문제는 없었나.”

“모두 같은 이야기뿐입니다. 정말로 기사들이 생환할 것이냐는.”

“경은 어떻게 생각하나?”

“당연히 이루어지리라 생각은 합니다만, 몇 명의 기사가 생환하는 것입니까?”

“몇 되지 않을 것이다. 많은 숫자는 아니야. 그럼에도 틀림없이 부활한다는 계시가 있으셨다.”

“……그렇군요.”

“사명에 따라 부활해야 할 자들이 돌아올 것이니, 그들이 적응할 수 있도록 곁에서 도와라.”

“예.”

“…….”

명령이 떨어졌음에도 에리아 경은 아론과 함께 거리를 걸었다.

“할 말이 있나.”

“한 가지 걱정이 있습니다.”

“뭔가.”

“고위 기사가 생환하면 현 지휘 체계를 흔들 가능성이 있습니다.”

"걱정할 문제가 아니다. 왕국에서 권력은 능력 있는 자가 쥔다. 생환한 기사의 실력이 뛰어나다면 언젠가 제자리를 찾겠지."

"과연…… 이해했습니다."

아론도 생각해 보지 않은 문제가 아니다.

생환한 자들이 억지를 부리면 소요 사태가 벌어질 수도 있지 않나 싶었지만, 죽었다 살아난 자들이 일반인과 같을까?

여신의 기적을 직접 경험한 사람들이 오만방자하게 나오기는 힘들었다.

국왕이 된 이후 보이는 첫 퍼포먼스.

아직 4시가 되지 않았음에도 평야는 사람들로 꽉 들어찼다.

아예 축제의 장소를 도시에서 평야로 옮기기까지 했다.

바르다힌 시는 며칠 동안 끊임없이 기병을 운용해 근처의 마물과 몬스터를 처리해 왔다.

지금도 기병 일부는 작전을 수행하고 있는 중이었으니, 사고가 날 가능성은 현저하게 낮았다.

평야에도 선을 그어 어느 수준까지는 백성들이 나가지 못하도록 통제했다.

곳곳에 초소가 설치되었으며, 병사들이 순찰을 다녀 최

대한 백성의 안전을 우선시하도록 조치했다.

"주군, 약속 시간이 됐습니다."

"가지."

"신성 군주께서 나오십니다!"

"와아아아!"

환호하는 백성들.

왕국을 건설했다지만 전과 다른 점은 찾아볼 수 없었다.

생존이 우선이기에 권위의 상징인 왕궁 건설 따위는 계획하지 않았다.

아론이 원한 것은 통합이었다.

왕국의 이름으로 백성들이 유대감을 갖길 바란 것이지, 권력을 휘두르려는 욕심이 아니었다.

'나는 클리어가 목적이니까.'

부활 퍼포먼스도 그 일환이었다.

온갖 영지와 국가가 뒤섞였으니 랜덤으로 기사들이 부활할 것이다.

그 숫자는 1명에서 5명이었는데, 재수 없게 단 한 명만 생환하는 것이 아니라면 충분히 체면을 세울 수 있었다.

저벅. 저벅.

아론은 사람들의 사이를 걸었다.

홍해의 기적처럼 백성들이 갈라졌다.

그 중심에 부활을 위한 제단이 쌓여 있었다.

지대를 조금이라도 높여 더 많은 백성이 기적을 목도하길 바라는 것이다.

숨을 한번 몰아쉰 아론은 제단 위에서 무릎을 꿇었다.

신정 일치를 구현하는 군주가 무릎을 꿇는 경우는 단 하나, 여신에게 기도할 때뿐이었다.

"삶과 죽음을 주관하시는 베일리여, 우리의 기도를 들어주소서. 당신의 사명을 완수하지 못한 채 그늘에 묻힌 이들에게 빛의 나라로 인도하기 위한 기회를 주옵소서. 그들의 영혼에 숨을 불어넣어 어둠 속에서 다시 일어날 수 있도록 도와주시옵소서!"

'소환령 사용.'

아론은 어디선가 주워들은 기도문을 조합해 대충 지껄인 후, 인벤토리에 들어 있는 소환령을 사용했다.

한 명만 아니면 된다.

소문도 그렇고, 기도문도 복수의 기사를 살려 달라 하였으므로 달랑 한 명이 부활하면 신성 군주의 권위가 다소 깎일 것이다.

하지만 아론은 알고 있었다.

어지간히 재수가 없지 않고서야 두 명 이상의 기사가 부활한다는 사실을.

파아앙!

강렬한 신성력이 터졌다.

따듯한 빛이 퍼지자 그 사이에서 한쪽 무릎을 꿇은 기사들이 출현했다.

그 숫자는 총 셋.

'성공이군!'

아론은 가슴을 쓸어내렸다.

1~5명 사이에서 랜덤으로 부활하는 것이었으니 3명이 부활했다는 것은 딱 중간은 했다는 뜻이다.

다섯 명이 풀로 채워져 나왔으면 더 좋았겠지만, 초반부에 얻은 소환령으로는 확률이 매우 희박했다.

어쨌든.

정말로 기사들이 부활했다.

생전에 입던 갑옷과 무기를 모두 소지한 채로.

"아, 아록 경!?"

"아록 경은 폐하께서 소영주이던 시절에 전사한 분인데?"

"고트렌 경이 돌아오셨다!"

"에반!"

기적을 목도한 사람들은 정신을 차리지 못했다.

그들의 신분은 다음과 같았다.

오라클 영지 전 기사단장 아록 디파인스.

라파논 왕국 왕실 기사 고트렌 그레이엄.

구 랭파인 공작령 출신 부기사단장 에반 하인트.

우연인지, 필연인지 각국 출신의 기사들이 생환을 하는 바람에 한바탕 난리가 났다.

부활자들을 기억하고 있는 기사들이 당장이라도 올라오려는 것을 간신히 말려야 했다.

아론의 시선이 랭파인 백작에게 가닿았다.

개국 공신으로서 백작 위를 받았지만 공작에서 작위가 강등되어 불만이 있었을 텐데, 이 순간에는 그런 감정이 느껴지지 않았다.

너무 놀라서 무릎을 꿇고 기도할 정도였다.

놀라운 광경을 목도하자 모든 백성이 무릎을 꿇었다.

막상 부활한 기사들은 어리둥절했지만.

"소, 소영주님?"

"아니 당신은 누구……?"

"나는 분명 죽었는데?"

"부활한 기사들은 들어라."

"……!"

부활자들은 혼란스러웠다.

도대체 이게 뭔 상황인가 싶었던 거다.

'운이 좋았다.'

아론은 속으로 쾌재를 불렀다.

세 개의 국가에서 각각 한 명씩 부활했다.

이는 통합의 상징이 될 수 있었다.

오히려 다섯 명이 부활해 출신지가 한곳에 몰렸으면 곤란할 뻔했다.

기사 세 명이 생환한 것은 전력에 도움이 되지만 정치적인 의미가 더 컸다.

아론은 이들을 최대한 이용해야 했다.

"경들은 사명이 남아 부활했다."

"부, 부활!?"

"아마 천국에 도달하지는 않았을 것이다. 사명이 있기에 지상계에서 할 일을 마쳐야 한다."

기사들은 어리둥절하면서도 여신의 기적으로 부활했다고 하니, 일단 무릎을 꿇고 바닥에 머리를 찧었다.

상황을 파악하는 것이다.

전투 중에 죽은 자들은 자신들이 죽었음을 인지하고 있었다.

팔다리가 잘리고 몸통이 짓이겨졌다면 살 수 있는 가능성은 없었다.

이런 와중에 멀쩡하게 부활한다?

신앙이 없는 자들이라도 여신을 믿게 된다.

아론은 기사들을 일으킨 후 악수했다.

"아록 경, 기다리고 있었다."

"소, 소영주님. 이게 어떻게 된 영문인지 모르겠습니다."

"설명하지 않았나. 경에게는 사명이 있다고."

"허……. 제가 독실하지 않아 천국에 들지 못한 모양이군요."

"모두가 마찬가지겠지."

기사들은 고개를 숙였다.

명분은 끼워 맞추기 나름이었다.

독실한 자들이었다면 분명 천국에 들어갔을 것이다.

여신께서 기회를 주셨다.

두 번째 삶에서 어떻게든 천국의 상급을 쌓아 오라고.

"대체 무슨 일이 있었습니까? 게다가 이 많은 사람들은 또……."

"자세한 이야기는 추후에 나누도록 하지."

"예!"

노기사는 입을 다물고 물러났다.

이번에는 라파논 왕국의 왕실 기사였다.

그는 샤론 왕녀와 왕국에서 도주하는 중에 죽었다.

제단 바로 아래에서 샤론 왕녀가 눈물을 흘리며 젊은 기사를 바라보고 있었다.

"고트렌 경, 가서 샤론과 이야기를 나누도록."

"그, 그게……. 알겠습니다!"

젊은 기사는 어리바리하면서도 상황을 인지하려 노력했다.

당연히 받아들일 수밖에 없었다.

인간의 인지력을 벗어난 일이 벌어졌으니까.

마지막으로는 랭파인 공작가 부기사단장이었던 에반이다.

“당신은…….”

“신성 왕국의 국왕 아론 오라클이다.”

“허! 우리는 적이 아니었습니까?”

“에반 경! 폐하께 말씀을 삼가라!”

랭파인 백작이 제단 위로 뛰어오더니 에반 경의 뒤통수를 후려쳤다.

빠아악!

“컥! 주, 주군!?”

“이런 멍청한 놈! 네가 여신의 가호를 입어 부활했다는 사실을 아직도 모르겠느냐?”

“어……. 그건 알겠는데, 제가 왜?”

“사명이 남아 있기 때문이지. 네놈은 신을 믿지 않았지 않나. 여기서 죽으면 지옥행이다.”

에반의 눈동자가 미친 듯이 흔들렸다.

모든 사람들이 아론을 바라봤다.

“부활했다고 좋아할 일은 아니다. 이 땅에 사명이 남아 있다는 것은 그걸 완수하지 못했다는 뜻이기도 하다. 경들은 지금부터라도 사명을 깨닫고 여신께 용서를 빌어라. 그리고 봉사하라. 설마 부활하고도 여신의 뜻을 부정하지는 않겠지."

"그럴 리가 있겠습니까? 이 목숨은 여신의 것입니다!"

"이 숨이 다하는 순간까지 봉사할 것을 맹세합니다!"

"열심히 해라."

눈을 빛내는 기사들.

본인들이 여신의 뜻으로 살아났다고 생각하고 있었으니, 온갖 잡무에 갈아 넣어도 아무런 저항 없이 받아들일 것이다.

그야말로 광란의 도가니였다.

지난번에는 300명의 병사가 생환했지만, 기사가 생환했다는 것은 무게감이 다를 수밖에 없었다.

이로써 반신반의하던 자들이 돌아섰다.

수많은 간증(?)을 통해 오라클 왕국에 여러 기적이 일어났었다는 사실을 들었지만, 직접 목격하니 믿지 않을 수가 없었던 것이다.

소문이 사실로 입증된 셈이다.

그 효과는 곧바로 나타났다.

[신성 왕국에 광신도가 출현했습니다.]

[신성 왕국에 광신도가 출현했습니다.]

……

[신성 왕국의 성기사가 출현했습니다.]

수백 명에 이르는 광신도와 열 명이 넘어가는 성기사의 탄생.

신성력을 지닌 사제 역시 생기고 있었으니 머지않은 미래에, 왕국은 상당한 전력을 갖추게 될 터였다.

백성들은 기적에 취했다.

축제는 도시 안으로 옮겨졌지만, 여전히 거리를 돌아다니며 노래를 불렀다.

골목마다 찬가가 흘러나왔다.

도시 중앙에 거대한 여신상이 세워지고 기도가 일상이었으니, 진정한 신성 왕국이 탄생한 것이다.

백성들이 축제를 즐기는 사이, 아론과 옛 오라클 영지 출신 기사들은 아록 단장이 생환했음을 축하했다.

"허어, 소영주님이 신성 군주가 되셨다는 말입니까?"

"맞다."

"지금 보니 분위기가 완전히 달라지셨군요. 이제 국왕이 되셨고."

"호칭은 아무래도 상관없다. 신성 왕국을 성립한 것은 여러 세력들을 하나로 통합하기 위한 수단이었다."

"도대체 무슨 일이 있으셨던 겁니까? 본래 유약하신 분이었음을 저는 알고 있습니다."

"나도 경처럼 죽다 살아났지. 그 과정에서 여신을 만났고."

"과연."

아론은 열심히 약을 팔았다.

본인의 정당성을 위해서라도 여신을 만나고 지금까지 이루어 온 업적을 이야기할 필요가 있었던 것이다.

대부분은 맞는 말이었지만, 죽다 살아나 여신을 만났다는 건 거짓이었다.

사실 아론은 베일리를 만난 적도 없었다.

지금껏 이루어 온 기적은 시스템의 일부였고, 부활도 마찬가지다.

뻔뻔하게 거짓말을 하려니 양심에 찔렸지만, 연기가 일상이니 자연스럽게 이야기가 흘러갔다.

모든 이야기를 듣고 난 아록 경은 감탄했다.

"실로 장대한 서사입니다. 제가 부활한 것은 그런 주군을 보좌하라는 여신의 뜻인 것 같습니다."

"사명을 깨달았나?"

"그렇습니다."

죽다 살아났으면 뭐라도 깨닫는 것이 정상이었다.

아론은 누누이 사명을 강조하였으니 가스라이팅에 성공한 셈이다.

"이제 경의 직위에 대한 것인데."

"말단 병사라도 상관없습니다."

"진심인가."

"한번 죽었다 살아나니 알겠습니다. 세속의 직위가 높을수록 천국에 들어가기가 힘들다는 사실을 말입니다. 이미 한번 죽었던 몸, 분골쇄신하여 보좌하겠나이다."

"경에게 기사 육성을 맡겨도 되겠지?"

"기사의 육성이요?"

"마나를 깨우쳐 기사로 올라가야 할 병사들이 꽤 된다. 그들을 훈련시켜 기사단에 인원을 공급하도록."

"그것이 사명이라면."

쿵!

원조 기사 아록 경은 회의실이 울리도록 머리를 찧었다.

그 바람에 피가 터졌지만, 그는 전혀 개의치 않았다.

오히려 이마에 피가 나지 않는 것이 불충이라는 상남자였다.

한편, 랭파인 백작 진영에서도 난리가 났다.

신성 왕국은 파벌을 용납하지 않았지만 옛 전우와 대화를 나누는 정도는 가능했다.

그들은 접객실에 모였다.

지금 백작이 느끼고 있는 감정은 정말 남다른 것이었다.

"경이 살아나다니, 아직도 믿을 수가 없다."

"주군! 정말 신성 왕국에 예속된 겁니까?"

퍼억!

"컥!"
백작은 에반 경의 머리를 후려쳤다.
"이놈! 주군이라니? 네 주군은 신성 군주시다. 죽다 살아나서도 정신을 차리지 못했나?"
"그, 그럴 리가요. 아직도 목이 잘리며 제 몸이 분쇄되는 장면이 선명합니다. 여신의 개입은 확실하지요. 그 의식을 신성 군주가 진행했다는 것도 압니다. 하지만 뭐랄까. 믿기가 힘들어서……."
"본인이 믿기 힘들면 어쩌라는 것이냐?"
"죄, 죄송합니다."
함께하는 기사들은 한숨을 내수었다.
신성 군주의 능력은 몇 번이나 증명됐다.
여신 베일리가 직접적으로 신성 군주와 소통하고 있음이 밝혀졌던 것이다.
아론 오라클은 오직 여신의 뜻으로 왕국을 통치한다고 밝혔다.
그 뜻이 아니었다면 왕국을 건설할 이유도 없었다고.
랭파인 백작의 눈매가 한층 더 진지해졌다.
"다들 잘 들어라. 눈앞에 증거가 이렇게 명명백백하다. 더 이상 신성 군주를 의심하는 짓은 하지 말라. 이러다 정말로 지옥에 떨어지게 생겼다."
"무, 물론입니다."

영원토록 지옥에 떨어져 고통 받는 것.

인간사 불과 50년, 그 안의 행동으로 사후 세계가 결정된다.

영원한 삶이 고통스러울 것인가, 행복할 것인가에 대한 문제는 엄청난 협박이었다.

그런 협박을 받고서 제정신을 차리지 못하면 그게 더 이상한 일이다.

그들은 단체로 가스라이팅을 당했으며, 그 결과는 성공적이었다.

"여신께서 통치하는 신성 왕국에 뼈를 묻는 것. 그 안에서 성과를 내야 천국에 이를 수 있다. 다들 명심하도록."

"예, 백작님!"

시청 회의실에도 부활자와의 만남이 이루어지고 있었다.

라파논 왕국의 유일한 왕족인 샤론과 젊은 기사 고트렌 그레이엄이 함께했다.

고트렌은 얼떨떨한 상황에서도 정신을 차리기 위해 노력했다.

그러다 왕녀가 어떤 여자였는지에 대해 기억하고는 몸을 움츠렸다.

"왜 그러지?"

"죄송합니다! 거기서 그렇게 죽어 버리면 안 되는 일이었는데."

"경 덕분에 내가 살았어. 꿈에서라도 살아났으면 좋겠다고 생각했는데, 이렇게 부활했으니 여신께서 내 바람을 들어주신 거지."

"예……?"

고트렌의 머리에 잠시 뇌 정지가 왔다.

'왕녀께서 뭘 잘못 드셨나?'

그녀는 히스테릭의 대명사였다.

은혜 따위는 알지 못했으며, 예의는 스프에 말아 먹었다.

어린 시절부터 귀하게 자라 그리된 것이었으니, 누구의 잘못이라 할 것도 없었지만, 지금의 상황은 이해가 되지 않았다.

"돌아와 주어서 고맙다."

"예……. 예! 시, 실로 놀라운 기적입니다!"

왕녀가 바뀌었다.

어디 머리라도 얻어맞았는지 예의 바르게 행동하고 있는 것이다.

고맙다는 표현까지 했으니, 고트렌은 죽어도 여한이 없었다.

"경이 죽고 나서 많은 생각을 했어. 조금 더 잘해 줬다면 후회가 덜하지 않았을까."

"별말씀을 다 하십니다. 이렇게 살아왔으니 전하께 충성을 다하겠습니다.”

“아니, 충성은 신성 군주께 바쳐야지. 잊었어? 네가 어떻게 살아났는지.”

“그, 그렇지요?”

그녀의 이야기를 들어 보니 본인도 신성 군주에게 충성을 바치고 있다고 했다.

기적적으로 살아난 라파논의 여러 기사도 마찬가지였다.

‘설마 신성 군주의 영향으로 이렇게 바뀌신 건가? 정말 다른 사람이 되셨는데.’

고트렌에게 있어서는 신비한 경험이었다.

“경은 사명을 가졌어. 그 사명이 무엇인지 깨달아야 천국에 가지. 나 혼자만 천국에 가면 섭섭할 거야.”

“열심히 노력해 사명을 깨달을 수 있도록 노력하겠습니다!”

“좋은 자세야. 앞으로도 그렇게만 하자.”

“옙!”

어느 안전이라고 명령을 무시할까.

왕녀에게 제대로 PTSD가 있던 젊은 기사는 무조건 신성 군주에게 충성을 맹세할 것이라고 이야기했다.

축제는 밤늦게까지 이어졌다.

예전 같았으면 해가 떨어진 후 집에 돌아가는 것을 당연하게 여겼겠지만, 오늘만큼은 그렇지 않았다.

축제가 파한 것은 자정이 넘어서였다.

분위기가 식어 축제를 멈춘 것이 아니라 한겨울이라 새벽이 되면 동사자가 나올 것을 우려해서다.

백성들은 빈집에 들어가 벽난로를 피웠다.

나름 아론은 오늘을 위해 땔감을 가져다 놓는 등 많은 노력을 기울였다.

건국식에 참여한 백성이 얼어 죽으면 그것도 나름 권위를 떨어뜨리는 일이었기 때문이다.

바르다힌 본령은 한때 10만 명이 넘는 인구를 유지했던 만큼 빈집이 많아 전 백성을 수용하기에 모자람이 없었다.

오랜 시간 관리되지 않았어도 상관없었다.

밖에서 자는 것보다는 지붕이 있는 집에서 자는 것이 훨씬 나았으니까.

영지 곳곳에 불을 피우는 연기가 피어올랐다.

나무 타는 냄새가 시청까지 흘러 들어왔다.

"오늘은 어찌어찌 넘겼군."

다사다난한 하루였다.

기사들이 부활한 사건은 사회적으로 꽤나 큰 충격을 가져왔다.

사실 랭파인 영지 출신 사람들은 갑작스럽게 신왕국 백성이 되니 말들이 많았다.

기적에 대한 소문은 들었지만, 여기서 자작으로 퍼뜨린 말이라 여기는 사람이 꽤 됐다.

하지만 오늘의 기적으로 다들 알게 되었다.

오라클 신성 왕국은 여신께서 직접 통치하는 땅이라고.

"앞으로 삐끗하면 곤란해진다."

신성 왕국의 성립으로 더 많은 유민이 유입될 것은 자명한 사실이었다.

군대의 규모를 더욱 키워 나가야 한다.

최소 2만.

이는 다음 챕터를 무사히 넘기기 위해 필요한 숫자였다.

그 정도 인원을 통제하려면 기사단도 두 개 정도는 신설해야 한다.

이 역시 문제는 없다.

최상급 병사들 중에서 기사로 승급을 앞두고 있는 인원이 꽤 되었으니까.

기사 훈련을 어떤 식으로 시킬까 고민하느라 창설을 미루고 있었는데, 마침 아록 경이 돌아왔기에 그에게 맡기면 된다.

아록 경은 남작 가문의 단장을 역임했지만, 실력만큼은 진짜배기였다.

이 시대 수명이라는 50년을 넘어 60살까지 기사단을 운영했었으니, 어떤 식으로 기사를 육성해야 할지 잘 알고 있었다.

그 밖에, 성기사단도 정비해야 하며 전투 사제도 육성한다.

갈 길이 구만리였다.

똑똑.

"들어와."

에리아 경이다.

그녀는 가장 바쁜 가신들 중 하나였다.

왕국이 형성되었으나 혹시 반란 분자가 없는지 살피고, 주변에서 들어오는 여러 정보를 취합한다.

정보부는 모든 정보에 능통해야 했다.

"오늘 하루, 랭파인 영지 출신 사람들을 관찰한 결과를 보고합니다."

"어떻든가?"

"우선 많이 수그러들었습니다. 오전까지만 해도 이런저런 괴소문이 돌았으나 기적을 목도한 후에는 달라졌지요."

"부활을 목격하고도 여신을 믿지 못한다면 지옥에 떨어져야지."

"문제는 여전히 혼란스러워하는 자들이 많다는 점입니다."

"혼란스러워? 어떤 점이?"

"부활 자체도 그렇지만 주군께서 말씀하신 '사명'에 고민하는 기색이 역력했습니다."

"사명이라……."

아론이 그런 소리를 하긴 했다.

사실 그 말을 한 자신도 정확한 신학적 의미는 모른다.

신학을 제대로 공부해 본 적이 없었기 때문이다.

베일리 성서?

겉핥기로 보았다.

대충 여러 종교에서 많이 사용하는 사명에 대해 지껄인 것뿐이었는데, 백성들에게 번뇌가 되었던 모양이다.

"저희 정보부 내에서도 많은 의견이 나왔고 취합된 내용을 전달합니다."

"정보부의 조언은 뭔가?"

"내일은 제7일입니다. 미사를 드리는 것이 당연하니 주군께서 사명이 무엇인지, 그리고 백성들이 앞으로 어떤 식으로 미래를 설계해야 할지 계도하시는 것이 어떻습니까?"

"……."

백성들의 미래 설정.

제법 난이도가 높아 보인다.

하지만.

"안 될 것 없다. 신성 군주로서 백성을 계도하는 것은 지극히 당연한 책무인 바, 경은 걱정 말라."

"예, 주군."

'제대로만 하면 백성들의 잠재력을 극한까지 쥐어짤 수 있다는 말이잖아? 이건 못 먹어도 고다.'

아침 일찍부터 도시가 분주했다.

어젯밤까지 축제를 벌인 백성들은 왕국 각지로 귀환할 예정이었기 때문이다.

바쁜 것은 도시 밖도 마찬가지였다.

오늘처럼 특수한 경우가 아니라면 전 백성이 모여 종교 예식을 거행할 일은 없었다.

베일리 교단에서 나름대로 성대한 행사를 준비하고 있었기에 도시 밖으로 여신상을 옮기고 구조물을 세우는 등의 노력을 아끼지 않고 있었다.

"후우."

아론은 테라스에서 도시를 내려다보며 숨을 들이켰다.

폐로 스며드는 차가운 공기.

어제 에리아 경이 보고했던 대로, 백성들은 사명에 대한 종교적 해석을 바라고 있었다.

어떤 설교로 가스라이팅 하느냐에 따라 신성 왕국의 활력이 달라질 것이니, 긴장이 될 수밖에 없었다.

"주군."

"랭파인 경."

의외의 인물이 찾아왔다.

아침부터 아론을 찾는 사람은 에리아 경이나 칼슨 경 정도로 한정되어 있었다.

랭파인 백작이 아침나절부터 찾아왔다면 중요하게 할 말이 있다는 뜻이었다.

'대충 짐작은 된다.'

표정만 보아도 알 수 있었다.

아론은 디펜스 워의 스토리를 줄줄 꿰고 있었다.

게임이 현실로 이루어지면서 디테일한 부분에서는 변화가 일어났지만, 큰 줄기는 변하지 않은 것이다.

"급하게 드릴 말씀이 있습니다."

"식사했나?"

"예……?"

"다 먹고 살자고 하는 일인데, 식사라도 하면서 천천히 이야기하지."

"……예."

갓 구운 빵과 계란 프라이, 우유 한 잔.

베이컨도 두 점 구웠으니 지금 같은 시절에는 꽤 호화로운 식사였다.

식문화에 불만이 많았던 아론은 영주였던 시절부터 요리를 직접 지시했었다.

그 결과, 일부 음식에 한정돼서는 지구에서처럼 사람이 먹을 만한 요리로 바뀌었으니, 만족스럽다.

"맛이 어떤가?"

"부드럽고 고소합니다."

"식욕은 인간의 3대 욕구 중 하나다. 미각을 포기하며 산다는 것은 괴로운 일이지."

"요즘 같은 시국에는 사치스런 감각이지요."

"요리 방법에 따라 얼마든 저렴하게 맛있는 음식을 만들 수 있다."

랭파인 백작은 식사를 하면서도 안절부절못했다.

아론은 이 자리에서 신기(?)를 한 번 더 보여 주기로 한다.

"4황자에게 서신이 온 것이겠지."

"……!"

랭파인 백작은 깜짝 놀랐다.

그걸 어떻게 알았냐는 듯.

한번 떠본 것으로 확실해졌기에 아론은 약을 팔았다.

"여신께서 모르는 것이 있다고 생각하나."

"어제 기사들의 부활을 목격한 시점부터는 더 이상 놀랄 것이 있을까 싶었는데, 아니었군요. 설마 계시가 있었습니까?"

"4황자가 신성 왕국을 노리고 있다고 계시하시었다. 수작을 벌일 것이라면 경을 통해 할 것이라고. 경이 오늘 찾아올 것도 알고 있었지."

"과, 과연!"

아론의 넘겨짚기는 성공했다.

미래의 지식과 랭파인 백작의 반응을 보면 모를 수가 없는 것이다.

내친 김에 디펜스 워의 내용을 참고해 서신의 내용까지 이야기했다.

"4황자는 랭파인 경을 충의지사로 묘사했다. 제국의 미래를 위하여 신성 왕국에 충성하는 '척'을 한 것이니 과인을 감시하며 전쟁이 일어날 때 함정을 파라고 지시했지."

"마, 맞습니다."

랭파인 백작은 기가 막힌다는 표정이었다.

아론이 서신의 내용까지 줄줄이 꿰고 있으니 여신이 미리 계시했다는 내용을 믿을 수밖에 없었다.

"그는 의심병 환자다. 침공에 성공할 리 없지만, 성공을 가정하고 보았을 때 경을 토사구팽 할 계획을 이미 세우고 있을 터."

"부정할 수 없겠습니다."

마지막 말은 거짓이다.

아론이 진실과 거짓을 섞어 이야기하니 랭파인 백작은 정신을 차리지 못했다.

"4황자에게는 긍정적인 답변을 준비하도록. 단, 서신을 보내기 전에 그 내용을 과인과 정보부가 함께 검수하겠다.”

“이제야 막혔던 가슴이 뚫리는 것 같습니다. 주군의 지시대로 하겠습니다.”

“마저 먹지. 식겠다.”

“예!”

‘4황자와는 언제고 붙긴 해야 한다. 그 전에 놈을 이용할 수 있다면 무조건 이익이지.’

랭파인 백작은 저택으로 돌아왔다.

바르다힌 영지의 가신이 사용하던 건물, 오랫동안 방치되어 있었으나 청소를 하고 나니 그럭저럭 쓸 만했다.

랭파인은 군주와 식사를 하고 여기까지 오는 동안 멍한 상태였다.

자신이 누구와 이야기를 했는지 헷갈렸던 것이다.

“내가 주군과 이야기를 한 건가, 여신과 소통을 한 건가.”

“무슨 일 있으셨습니까?”

어제 부활한 에반 하인트 경이었다.

그의 거취는 아직 정해지지 않았기에 발령을 받을 때까지 랭파인 백작의 저택에서 머물기로 했다.

눈앞의 남자는 여신의 가호로 부활했으니, 사실을 털어놓아도 될 것 같았다.

이야기를 듣고 난 에반 경이 진지한 눈빛으로 고개를 끄덕였다.

"과연, 신성 군주께서는 모든 사실을 알고 계셨군요."

"이게 가능한 일이라고 보나."

"인간의 힘으로는 불가능하지요. 4황자에게 서신이 왔다는 것은 물론이고 그 내용까지 파악하고 계신다는 것은."

"맞다."

지레짐작도 한계가 있다.

아무런 말도 하지 않았는데, 4황자가 서신을 보냈다는 사실을 어찌 알았을까.

계시가 확실했다.

"다만 계시가 매우 디테일합니다. 보통의 신탁이라면 두루뭉술하게 내리는 것 아닙니까?"

"거짓 신탁이었기 때문 아니겠나."

"두루뭉술하게 이야기하면 대충 상황에 끼워 맞춘다는 뜻이군요. 그런 식으로 많은 교단이 신자를 등쳐먹었을 테고."

"맞다."

종교의 부패는 시대와 국가를 막론하고 벌어지는 일이었다.

세상에 도덕과 어긋나는 종교는 거의 존재하지 않았으나, 인간의 해석으로 말미암아 부패와 착취가 생긴다.

과거에 문제를 일으켰던 교단의 신탁 역시 교도들을 현혹시키는 용도로 사용했을 것이다.

그에 비하여 신성 군주에게 내려지는 신탁은 질이 달랐다.

"그분은 아예 여신과 직접적으로 소통하고 계신 거야."

"바꿔 말하면 백작님께서 여신과 소통하신 것이라고 볼 수 있습니다."

"그런가?"

"백작님께 곤란한 일이 발생했고, 국왕께서 비답을 주셨습니다. 백작께서는 한마디도 하지 않으셨는데 말입니다. 그게 바로 여신과 소통한 증거 아니겠습니까? 종종 신께서는 그런 식으로 역사한다고 들었습니다."

"경의 말이 맞는 것 같다."

랭파인 백작은 자신도 모르게 신앙이 생활로 변하는 경지에 이르렀다.

문제는 본인이 그 사실을 전혀 자각하지 못하고 있다는 것이다.

오전 11시.

종교 예식은 정오에 시작된다.

정무를 처리하고 있어야 할 아론은 세이라 추기경에게 붙잡혀 치장당하고 있었다.

"폐하! 좀 가만히 계세요."

"이렇게까지 치장을 해야겠나? 미사란 여신께 바치는 경외이며, 감사의 표현이다. 신의 은총을 보이는 자리이기도 하지. 쓸데없이 화려한 옷을 굳이 입어야 하냐는 거야."

"예식은 정성이잖아요? 당연히 예쁘게 꾸미고 미사를 드려야 여신께서 기뻐하시죠."

"너는 이제 추기경이잖아? 다른 사람에게 맡겨라."

"폐하는 교황을 겸하고 계시고요. 추기경이 교황을 치장하는데 문제 있나요?"

실랑이가 벌어졌지만 세이라는 꿋꿋했다.

한 시간에 이르는 치장이 끝나자 거울 속에는 TV에서나 보던 교황의 모습이 그대로 재현되어 있었다.

종교마다 지도자의 예복은 달랐지만, 대체적으로 화려했다.

순백의 예복은 잘못해서 와인이라도 쏟으면 난리가 날 것 같은 모습이었다.

"이제야 권위가 좀 드러나는 것 같아요."

"하……."

세이라는 만족스럽게 웃었다.

종교 지도자가 됐으면 복장에 신경 쓰는 것은 맞지만, 이건 너무하다 싶었다.

물론 항상 이렇지는 않을 것이다.

"오늘은 건국 기념 미사라서 입지만, 매 주마다 이렇게는 불가능하다."

"저도 그 정도는 알아요."

아론은 이제야 안심할 수 있었다.

항상 치렁치렁한 예복을 입어야 한다면 진지하게 법령을 뜯어고치는 처방을 고려했을 것이다.

바르다힌 평야 일부가 종교 예식장처럼 꾸며졌다.

도시에서 가져온 거대한 여신상이 세워졌으며, 그 아래에는 제단을 만들었다.

제단의 좌측에 거대한 오르골이 설치됐으며, 교단에서 레냐에게 부탁해 음성 확장기도 가져왔다.

그 결과 매우 장엄한 예식이 가능해졌다.

하늘에 드리운 신성 보호막 사이로 빛이 아름답게 산란했다.

이 정도만 해도 신비로운 분위기를 만들어 내기는 충분했다.

땡! 땡! 땡!

미사를 알리는 종소리가 가득 울려 퍼지고 오르골이 연주되었다.

평야를 가득 채우는 음악.

성가대의 찬가도 빠지지 않았다.

기도와 예식이 경건하게 이어졌다.

그사이, 아론은 몇 번이나 설교의 내용을 되뇌었다.

'이제 세뇌의 단계다. 백성들은 종교에 심취해 있어.'

광신도 집단은 아론이 무슨 말을 하더라도 받아들일 것이다.

종교 지도자의 설교는 여신의 말씀이라고 믿을 테니까.

결코 어설프게 해서는 안 된다.

'그럴싸한 말을 조합해 노동력을 한계까지 끌어올려야 한다.'

아론이 악덕 군주라서가 아니다. 그렇게 해야만 생존할 수 있었다.

"……이제 교황께서 설교하시고 축도하겠습니다."

세이라는 아론을 교황이라고 소개했다.

틀린 말은 아니지만 공식적으로는 국왕이 맞다.

혹은 신성 군주이거나.

호칭이 중요하진 않았기에 숨을 한번 몰아쉰 아론이 단상에 올라왔다.

"오늘은 사명에 대해 이야기해 보겠다."

백성들이 눈을 반짝였다.

대체 무엇을 사명이라 하는가?

아론 역시 종교적인 해석이 무엇인지 잘 모르겠지만, 현대인의 관점에서 설명했다.

"사명이란 여신께서 각각의 개인에게 내려 주시는 삶의 의미이자 방향이다. 혹은 길잡이라고도 한다. 모든 인간은 신께 부여받은 사명이 있음이야. 개인이 가지고 있는 재능과 열정에 기인하지. 삶은 자신의 사명을 여신의 역사에 기여함으로써 천국의 상급을 받는 과정인 것이다."

"……!"

천국의 상급론이 또 나왔다.

지금은 이 이론과 결합하지 않으면 안 된다.

백성들의 재능과 열정을 최대한 뽑아야 하는 상황이었으니까.

현재의 종교란 인류가 생존하기 위한 투쟁 수단일 수밖에 없었다.

"성서는 등장인물들이 각자의 사명을 찾아 나가는 과정을 많이 그린다. 일개 노예가 성국을 건설하는 과정이라거나, 고난을 극복하며 교단의 성기사로 성장한 마구간지기가 대표적인 예이지. 이처럼 모두에게는 고유의 사명이 있다. 그것을 깨닫고 실천하여 궁극적인 목표에 도달해야만 하는 것이다."

아론은 베일리 성서에 나오는 여러 이야기를 예로 들었다.

교단 사람들마저 흠뻑 취해 설교를 들었다.

성서의 내용과 현대적인 해석이 아주 잘 어우러졌으니까.

물론, 개인적인 견해가 짙게 들어가긴 했다.

"……사명은 우리 존재 이유에 대한 설명이다. 끊임없이 도전하고 탐구하며 노력하는 것. 사명이 없는 자, 생존의 이유가 없는 것이니 지금이라도 깨닫도록 해라. 자신이 잘하는 일이 무엇인지, 그리고 어떤 일에 열정을 가지고 있는지. 그것이 여신께서 각자에게 부여한 사명일지니라."

휘이잉.

한겨울임에도 식은땀이 흘렀다.

온갖 잡지식과 성서의 내용을 짬뽕하려니 꽤나 힘들었다.

견론은 자신의 위치에서 할 수 있는 일을 찾아 최선을 다하라는 뜻이다.

최대한의 노동력을 뽑아내기 위한 수작이다.

백성들에게는 아론의 말이 다소 어렵게 느껴질 수도 있었지만, 사제들이 설교의 내용을 재해석해 전파할 것이다.

물론 아론의 퍼포먼스는 여기서 끝난 것이 아니다.

"사명을 깨우쳐라! 신의 백성들이여!"

'일괄 승급.'

파아앙!

아론은 마지막에 필살기를 시전했다.

지난 전투에서 경험치를 쌓아 승급을 앞두고 있던 자들을 전원 승급시켰던 것이다.

제12장
국시

'다행히 어제 설교가 잘 먹혔다.'

아론은 건국 미사를 많이 준비하긴 했지만, 종교적인 해석에 있어서는 사제들보다 못 했다.

한국에 살 때도 종교를 가져본 적이 없었고, 신성 군주가 되어서도 개인적으로 성서를 연구할 시간이 없었다.

살아남기 바쁜 마당에 성서를 연구하며 시간을 날린다?

그랬더라면 영지는 악신의 군대에 짓밟히고도 남았다.

건국 미사에서 했던 설교는 현대인의 관점에서 '사명'을 재해석한 것이다.

없는 어휘력까지 동원했는데, 다행히 백성들은 깊은 감명을 받았다고 한다.

교단의 반응도 나쁘지 않았다.

[과연 성하이십니다. 백성들의 눈높이에서 자세히 풀어 설명해 주시니 좋은 결과가 있을 것입니다.]

[성하 덕분에 많은 깨달음이 있었어요. 감사합니다.]

조금 어설펐던 설교는 백성의 눈높이에 맞춘 것이 되었다.

꿈보다 해몽이라지 않나.

아론이 무슨 말을 해도 긍정적으로 해석할 집단을 완벽하게 장악하고 있었으니, 별다른 말이 나오지 않을 것이다.

첫 국정 회의를 앞둔 지금은 설교의 결과보다 앞으로의 할 일을 생각하지 않을 수 없었다.

“신비와 전설을 최대한 손에 넣으면서 내정을 다져야 한다.”

인구 11만에 병력 1만의 비대칭 전력.

왕국 내 백성이 대부분 노약자라는 걸 생각하면 앞으로도 어렵기는 마찬가지일 것이다.

그래도 점점 나아질 것이다.

하루 만에 유민이 수천 명이나 늘었다고 한다.

신성 왕국이 성립된 효과였다.

현시점에 모든 국가는 멸망한 상태.

오라클 신성 왕국은 신성 보호막이 마물을 막고 있었으며, 정상적으로 국가가 가동할 준비를 시작하고 있었기에 유민의 유입이 많을 수밖에 없었다.

에리아 경의 보고에 따르면 며칠 안에 인구는 12만을 돌파할 것이라고 했다.

"유민을 계속 모으면서 신성 왕국의 위치를 공고히 한다. 그러면서 신성 보호막 내부를 완벽히 통합해야겠지."

사실 이게 가장 문제였다.

동서남북으로 끊임없이 확장하는 신성 보호막에는 여러 세력이 살아가고 있었다.

아론이 영유권을 주장하는 순간, 저항할 가능성이 높았으므로 여러 차례 전쟁을 치러야 할 수 있었다.

평화적인 복속이 가장 좋지만, 그렇지 않은 경우에는 무력을 사용한다.

원래 디펜스 워는 끊임없이 확장해 나가는 땅을 경락하는 것도 중요한 콘텐츠로 포함하고 있었다.

할 일은 산더미인데 시간은 없다.

똑똑.

"폐하, 제신들이 모두 모였습니다."

"알겠다."

아론은 상념에서 깨어나 집무실을 벗어났다.

첫 국정 회의에서는 국가의 기틀을 다질 것이다.

바르다힌 시청 회의실.

신성 왕국의 수도는 정해지지 않았다.

계속해서 영토가 팽창하면 파천해야 하기 때문이다.

신성 보호막은 오라클 본령이 중심이다.

이제 와서 중심축을 바꿀 수는 없었기에 다소 기형적인 형태로 영토가 커졌다.

수도를 지정하는 문제는 아직 시기상조였다.

제국이나 베론 왕국의 반 정도는 완벽하게 점령하는 시점이 돼야 후보지를 고를 수 있을 것이다.

"국왕 폐하께서 드십니다!"

"국왕 폐하를 뵙습니다!"

건국을 했더니 제신들의 반응도 달라졌다.

좀 더 조심했으며 예의를 차렸다.

기사 출신의 귀족들은 바닥에 무릎을 꿇고 머리를 박는 것이 기본이었다.

말리고 싶지만 저게 충성의 표시라는데, 그럴 수도 없는 노릇이고.

눈치를 보던 문관들까지 머리를 찧으려 하자 아론이 말렸다.

뇌에 근육이 들어 있는 무관이야 그렇다 쳐도, 문관의 머리가 다치면 국정 운영이 곤란해질 것이다.

아론은 국정 회의를 시작하기 전에, 한 가지를 분명히 했다.

"우리는 건국했으나 예전과 다를 바 없다. 한정된 자원을 이용해 최대한 노력해야 하지. 그런 의미에서 보면 대규모 국책 사업은 불가능하다. 선택과 집중을 계속해야 한다는 뜻이다."

"맞는 말씀입니다."

"지금은 자원이라고 할 것이 노동력밖에 없는 상황이니."

현시대를 살아가는 모든 세력의 치명적인 문제다.

외부와의 교역은 둘째 치고 내수라는 것이 없다.

재화의 개념조차 사라졌기에 원시 시대 부족 국가부터 시작한다고 봐도 과언이 아니다.

그러니 할 수 있는 일을 한다.

재화가 필요한 일은 과감하게 배제하며, 한정된 자원으로 최대한의 효율을 뽑아내는 것이다.

"재상과 추기경은 들어라."

"예, 폐하!"

"말씀하세요, 성하!"

교단에서는 아론을 여전히 교황으로 불렀다.

국정 초기였기에 그 점을 교정하려다 그만두었다.

딱히 호칭이 중요한 것은 아니었기 때문이다.

"두 사람이 논의해 법과 제도를 정비한다."

"소, 소신이 말입니까?"

"네! 맡겨 주세요!"

전반적인 국정을 담당하는 카일 경의 얼굴은 썩어 들어갔고, 세이라는 별생각 없이 즉답했다.

카일 경의 얼굴이 죽상인 것은, 법과 질서를 신성 왕국의 입장에서 재해석하는 작업이 쉬울 리가 없기 때문이었다.

아론도 양심이라는 것이 있었기에 가이드라인 정도는 제시해 준다.

"베론 왕국, 라파논 왕국, 그레이븐 제국의 법과 제도를 기본으로 베일리 교단의 율법을 적용한다. 신성 왕국은 정치와 종교가 하나다. 다들 착각하는 부분인데, 이번 기회에 정확하게 짚고 넘어갈 것이다."

"……폐하, 법과 제도를 정비하는데 있어 문관이나 무관의 조언을 받아도 되겠습니까?"

"당연하지."

"하오면 가능할 듯싶사옵니다."

카일 경은 이제야 한숨을 내쉬며 알겠다고 말했다.

세이라는 말할 것도 없었고.

"부재상은 행정망을 완벽하게 구축해라."

"알겠어요!"

레미나 경이 씩씩하게 외쳤다.

원래 그녀가 하던 일이었으니 크게 문제 될 것은 없었다.

영지 규모에서 국가 규모로 스케일이 커졌지만, 지금은 인구와 행정 구역이 그리 많지 않아 충분히 혼자 해결할 수 있었다.

“레냐는 샤론과 함께 농업부를 확장하고 경작지를 최대한 늘린다. 비료는 어떻게 됐지?”

“만들고 있어요!”

“좋아. 두 사람이 합심해 생산량을 끌어 올릴 수 있도록.”

“맡겨 주세요!”

레냐와 샤론은 어쩌다 보니 농업 전문가가 됐다.

누구도 이 문제에 이견을 달지 않았다.

두 사람이 지금껏 이루어 온 업적을 보면 아예 전담을 시키는 것이 낫다고 판단되었기 때문이다.

인재가 부족해 농업에까지 신경 쓸 수 있는 대신이 별로 없기도 했다.

“마이어 경은 몬스터 토벌을 계속 실시하고, 필요하다면 무력을 어디든 투사할 수 있는 준비를 하라.”

“그리하겠사옵니다.”

“현재 가장 큰 문제는 여신께서 내려 주신 영토를 전부 소화하지 못하고 있다는 것이다.”

“…….”

대신들이 고개를 숙였다.

이건 어쩔 수 없는 문제이기도 했다.

매 챕터마다 신성 보호막이 어마어마하게 확장하는데,

거기에 맞춰 내부의 모든 세력을 통합하기란 지난한 일인 것이다.

지금까지는 병력이 부족하기도 했고.

“잭슨 경은 평소대로 신병을 교육한다. 3개월 안에 병력을 2만으로 늘리는 것이 목표다.”

“……최선을 다하겠으나, 두 배로 늘리는 것이 가능할지 모르겠습니다.”

“유민과 난민을 무제한으로 받아들이고, 여신의 영토 안에 있는 모든 세력을 통합하면 가능하다.”

“최선의 노력을 기울이겠사옵니다.”

아론은 병력 증강 기간을 3개월로 못 박았다.

반드시 필요한 병력이었기 때문이다.

대부분은 아론의 뜻대로 국정이 흘러갔지만, 3개월 안에 두 배에 이르는 병력 증강이라는 대목에서는 반대가 좀 있었다.

‘긴장을 줄 필요가 있다.’

제신들은 건국이 끝났으니 앞으로 승승장구할 일만 남았다고 생각하는데, 결코 그렇지 않다.

여전히 왕국의 앞날은 풍전등화였다.

잘못하면 기껏 건국한 왕국이 몇 개월 만에 작살날 수 있었다.

“다음 대규모 웨이브는 3개월 후. 악신의 군대를 막기 위해 최소한 2만의 병력이 있어야 하는 것이지. 그게 아니라면 나도 무리하고 싶지는 않다."

"허!"

"……!"

웅성웅성.

약간 늘어지게 회의에 참여하던 제신들의 눈동자가 사정없이 흔들렸다.

'그런 괴물들을 또 상대해야 한다고?'

'최소 병력이 2만이라 하시는 것을 보니 만만치 않겠구나.'

귀족들의 몸에 긴장이 팍 들어갔다.

"이제 좀 현실감이 돌아오나? 까딱하면 망할 수도 있다."

"신성 왕국을 최대한 팽창시키고 전투에 모든 것을 걸어야 하는군요."

"대륙이 통일될 때까지 항상 그럴 것이다."

"대륙 일통이라!"

"내가 말하지 않았나. 여신께서는 우리에게 인류 구원의 사명을 내리셨다고. 그 대전제를 잊지 말아야 한다. 그렇다면 반드시 대륙은 통일되어야 하는 것 아닌가?"

"맞는 말씀입니다."

"어차피 제구실하는 국가는 없으니 말입니다."

긴장감 부여에 더해 국시까지.

목표가 정해지자 제신들은 열정적으로 국정 회의에 참여

했다.

더 이상 의제는 제시되지 않았으나 지금까지 나온 말만 들어도 굉장히 힘든 프로젝트였다.

마지막으로.

"외교는 교단에서 맡는 것이 좋겠다."

"외교요?"

"폭력은 최후의 수단이다. 우선 교화를 통해 여러 세력을 여신의 품으로 돌아올 수 있도록 한다. 전쟁으로 이어지기 전까지의 과정을 교단에서 맡도록. 그렇다고 너무 숙이고 들어갈 필요는 없다. 폭력을 자제하겠다는 것이지, 필요하다면 과감히 사용한다."

"맡겨만 주세요!"

세이라에게 업무가 과중되고 있었는데, 그녀는 아무런 문제가 없다고 했다.

이로써 첫 국정 회의는 마무리되었다.

사실 더 많은 문제가 산재되어 있었지만 모든 업무를 처리하기에는 행정력이 부족했다.

아론으로서는 선택과 집중을 했던 것이다.

첫 목표는 역시 몸집 불리기.

신성 보호막 내의 세력에 대해서는 설득을 해 보고, 안되면 바로 쳐들어가 무력으로 통합한다는 처방이 내려졌다.

국정 회의가 끝난 후 아론은 세이라와 독대했다.

신성 왕국이 건설된 시점에서 교단은 정치와 뗄 수 없는 관계다.

그만큼 교단은 이용 가치가 뛰어나기도 했다.

앞으로 몇 세대가 흐르면 교단도 부패할 것이고, 여러 가지 문제를 만들겠지만, 그게 지금은 아니다.

교단 사람들은 전원 독실한 상태로, 인류 구원이라는 목표를 가지고 있었다.

그리고 지금까지 지켜본 세이라라면 국정의 중요한 업무도 능히 소화할 수 있을 것이다.

"찾으셨어요?"

"경이 여신의 땅 안에서 찾아다녀야 할 영지의 목록이다."

"꽤 많네요."

"영토가 확장되었으니까."

오라클 신성 왕국에서의 영토 확장은 자동으로 이루어진다.

신성 보호막이 확장되는 것은 여신께서 왕국에 내려 준 땅으로 보고 다른 명분을 들이대지 않는다.

신성 왕국 사람들에게는 그게 상식(?)이었기 때문이다.

세이라가 목록을 모두 확인하더니 눈살을 찌푸렸다.

"간악한 것들이네요. 알 박기를 하는 것도 아니고 이런 식으로 세력을 떨치고 있다니!"

"허험, 아까 한 말을 이해했을 것이다. 무조건적인 폭력은 안 돼. 먼저 사신을 파견해 항복을 권유하도록.”

“말을 안 들으면 어떻게 하나요?”

“어쩌긴? 맞아야지.”

“네! 한 번은 기회를 주신다는 것. 성서에 부합되는 이야기예요.”

세이라도 추기경이 되더니 간덩이가 좀 커졌다.

여신이 함께하고 있다고 믿으면 이렇게 나오는 것이 정상이긴 했다.

신성 보호막 안에서 힘겹게 살아가던 영주들은 자신들이 원하지 않게 여신의 땅으로 지정(?)된 것이었으니 억울한 면이 있을 것이다.

하지만 그걸 격파하는 것이 디펜스 워의 메인 콘텐츠.

생존을 위해서라도 어쩔 수 없는 일이다.

“국경 밖의 세력은 어떻게 할까요?”

“회유해야 한다. 국경 밖에서도 여신의 세력이 되고 싶어 하는 자들은 있을 테니, 그들을 회유해 최대한 국력을 팽창시킨다. 이 역시 외교부의 임무다.”

“맡겨만 주세요!”

세이라는 어느새 예스걸이 되어 외쳤다.

여신께서 계획하였다면 뜻이 다 있을 것이라면서.

‘왕국에서 가장 심하게 가스라이팅을 당한 사람은 세이라일지도.’

제1장
디펜스 게임의 군주가 되었다

제120화. 착취 무역(1)

그레이븐 제국 중부 지역.

현재 제국의 수도는 멸망했고, 황제가 서거했다.

보통 왕이 존재하는 국가에서 위 두 가지 참사가 겹치면 멸망한 것으로 봤다.

제국도 마찬가지다.

그 이후 부흥 운동이 일어났고, 4황자 브레온 그레이븐은 호기롭게 신제국의 건설을 선언하였다. 문제는 매일같이 마물에게 공격받으며 영토와 인구가 줄어들고 있다는 것이다.

그 와중에 3황자가 살아남았다는 소식이 들려왔으며, 제국 서쪽에서 국가 건설을 추진 중에 있었다.

제국에 두 개의 태양은 있을 수 없는 법이다.

양 세력이 적대적으로 돌아선 가운데, 강대한 적이 동쪽에서 탄생했다.

[베론 왕국 북부와 중부 일부, 제국 동부 일부를 병합한 오라클 신성 왕국 출현.]

[오라클 왕국은 신정 일치를 국시로 삼았으며 국왕이 교황을 겸함.]

[제국의 랭파인 공작이 휘하로 들어갔으며, 세력이 비대해질 것으로 예상.]

정보부에서 들어온 내용이 심상치 않았다.

4황자는 그 소식을 듣고 딜레마에 빠졌다.

'제국 중부를 컨트롤하는 것도 힘들다. 나 혼자 국정을 운영하는 와중에 동부에서까지 적이 출현하다니.'

그를 따르는 제신들은 신성 왕국을 그냥 두자고 말했다.

참칭이라도 여신의 뜻을 따르겠다고 한 이상, 명분 없이 전쟁을 벌어지는 않을 것이라고.

문제는 4황자의 의심병이었다.

그의 정신병은 제국이 건재하던 시절에도 대단했다.

보다 못한 황제가 그를 변방으로 쫓아내 버리기까지 했으니 알 만하다.

하지만 의심 가득한 4황자는 틀림없이 신성 왕국이 침공할 것이라고 생각했다.

여기까지가 브레온이 난감한 상황에 빠지게 된 배경이다.

'제국 동부를 접수한 놈이라면 반드시 중부까지 침범한다. 방법을 찾아야 한다.'

중부조차 제대로 통치하지 못하고 있던 4황자가 신성 왕국을 적대하려 하자 깜짝 놀란 제신들이 몰려왔다.

[전하! 우선은 제국 서부를 토벌해 힘을 길러야 합니다. 현 시점에서 외세와 전쟁을 벌이는 것은 자살행위이옵니다.]

[최소한 중부권 귀족들이라도 쓸어버린 후에 나가야 하는 것 아니겠습니까? 서부권에서 3황자가 세력을 일으키는 와중에 국력을 소모하면 필패입니다.]

[제국을 침범한 외세를 지켜본다면 영면에 드신 선황께서 노하신다.]

브레온은 그렇게 일축했지만, 실은 왕국 동부에서 발호한 신성 왕국이 자신을 칠 것이라 확신했기 때문이다.

오랜 고민 끝에 그는 랭파인 공작을 이용하기로 했다.

잘못하면 전쟁의 명분이 될 것이라고 제신들이 반대했지만, 그는 깔끔하게 무시하고 서신을 썼다.

그리고 오늘, 답신이 도착했다.

[삼가 황자 전하께 인사 올리옵니다. 소신은 신성 군주를 참칭하는 오만한 아론 남작에게 협박을 당해 강제로 편입됐을 뿐입니다. 데스 나이트가 지옥의 군단을 이끌고 침공했으니 소신의 영지는 피폐해졌습니다. 살기 위해 내린 결단이었으나, 폐하께서 이렇듯 강녕하시니 내려 주신 명령을 목숨 걸고 수행하겠나이다.

하오나 전하, 명령을 수행하기 위해서는 상당한 활동 자금이 필요할 것으로 사료되옵니다.

지금은 쓸모가 없어진 금과 은을 보내 주신다면 신성 왕국에서 식량을 매집해 일부는 소신이 쓰고 일부는 폐하께 보내겠습니다.

신성 왕국에서 재화는 식량으로 교환이 가능하니 소신을 믿고 보내 주시길 간청하나이다.]

"금과 은? 도대체 그게 왜 필요하지? 예식에 필요한가?"

브레온은 의심이 많아 어떤 식으로든 자신만의 결론을 내리곤 했다.

랭파인 공작이 이런 식으로 서신을 보냈다고 믿음이 있는 것은 결코 아니다.

버림 패이자 오라클 남작을 죽이기 위한 체스말 정도로 생각했을 뿐.

관계를 유지하기 위해서는 뭐라도 보여 주어야 하는 가

운데, 식량도 아니고 금과 은을 보내 달라고 하니 이해가 되지 않았다.

무엇보다.

"서신의 내용은 결국 금과 은을 보내 주면 약간의 식량과 바꾸어 주겠다는 것이었다. 지금 시점에서는 쓰레기나 다름없는 금과 은으로 식량을 가져올 수 있다면 큰 도움이 되긴 하는데……. 당최 그걸 어디에 쓰겠다는 건지 이해가 되지 않네."

한참을 생각하던 그는 랭파인 공작에게 한 번 어울려 주기로 했다.

식량이 오지 않는다고 해도 상관없다.

제국에는 금과 은이 널려 있었으니까.

그보다는 랭파인과 관계가 유지되는 한, 일부라도 신성 왕국 내부의 정보를 캐 올 수 있으니 그것으로 됐다고 여겼다.

그는 당장 재상을 호출했다.

"찾으셨나이까."

"재상, 우리 황실에 금과 은이 얼마나 보관되어 있나?"

"금과…… 은이요?"

"우리의 충성스런 랭파인 공작이 신성 왕국에서 금과 은을 소모해 식량을 구매할 수 있다고 썼다."

"예?"

재상은 고개를 갸웃거렸다.

세상 어딜 가나 처지는 같다.

마물의 침공으로 농지는 줄어들고 기근이 이어지는 것이다.

거리에 나가면 빵 하나를 먹기 위해 살인까지 일어나는 상황이었다.

재화의 가치는 유명무실해졌으며, 재정이라는 것이 아예 존재하지 않을 만큼 파탄이 났다.

제국의 실정이 이러할진대 다른 왕국들은 논할 가치조차 없는 것이다.

이런 상황에 금과 은을 모아 오면 일부라도 식량으로 바꿔 준다?

"다소 이해는 되지 않는 요구이지만, 손해 볼 일은 없다고 생각합니다. 금과 은은 이제 보기 좋은 돌덩이에 지나지 않습니까?"

"그렇지?"

"쓰레기로 식량과 정보를 살 수 있다면 큰 이익이 아니겠는지요?"

"내 생각도 같다. 경은 당장 수레 5대 분량의 금과 은을 실어 랭파인 공작의 영지로 보내라."

"명을 받듭니다."

명령을 내린 브레온은 일단 랭파인 공작의 반응을 보기로 했다.

다음 수는 결과를 보고 생각해도 늦지 않았다.

늦은 밤.

아론은 며칠인지도 모를 만큼 정무에 매달렸다.

어떻게든 시간을 내야 신비와 전설을 찾아가든 수련을 쌓든 할 것인데, 그럴 정신이 없었다.

게임에서야 마우스를 달칵거리면 됐지만, 현실은 냉혹했다.

모든 일을 손수 처리해야만 했다.

신앙심 강한 문관들을 배치해 쥐어짜고 있음에도 그랬다.

중앙 집권제를 택한 아론의 업보였다.

우둑!

아론은 반나절 만에 간신히 허리를 폈다.

니코틴도, 카페인도 없는 세상.

깡으로 버티며 일하다 보니 정신력이 고갈되는 착각마저 들었다.

휘이잉!

테라스를 열자 찬 바람이 사정없이 밀려들었다.

겨울도 끝자락에 접어들고 있었으나, 북방의 날씨는 유난히 혹독했다.

이런 날이 최소 보름은 이어질 것이다.

아론은 머리를 식히며 생각했다.

"국정 운영도 미룰 수 없지만, 신비와 전설을 파밍해 훈련해야 한다."

디펜스 워가 정말 빌어먹을 게임인 점이, 국정 운영과 개인의 성장 중 어느 하나라도 놓치면 폭망이라는 것이다.

지금 같은 경우에는 강제로 스케줄을 조절할 필요가 있었다.

오늘까지의 서류를 마저 정리하고, 내일은 반드시 신비던전에 가야 한다.

신성 보호막이 확장돼 극지방에 있는 대수림 너머까지 영토로 편입됐다.

그 말은 내부의 몬스터나 마물이 약화됐다는 뜻이며, 영향권 안의 던전도 클리어할 만하게 변했다는 뜻도 됐다.

재수 없게 누군가가 먼저 발견해 클리어하면 곤란했기에 더 이상은 미루지 못한다.

아론이 생각에 잠겨 있을 때, 익숙한 목소리가 들렸다.

"주군."

"랭파인 백작 아닌가. 아직 안 자나?"

"국토를 관리한다는 것이 여간 힘든 일이 아니더군요. 토지 계획을 세우느라 쉴 틈이 없습니다."

"그런가."

미안하다는 말은 하지 않았다.

처음부터 이러려고 살려 둔 인재였으니까.

국토 관리에 있어서만큼은 S급 인재라더니, 영토의 어느

부분을 살리고 죽여야 할지 꿰뚫고 있었다.

개발 계획을 세우다 궁금한 점이 있으면 직접 실사를 병행해 처리하고 있었으니, 백작도 바쁜 나날을 보내고 있었다.

"서류에 사인을 받으러 왔나."

"그것이 아니오라, 4황자가 미끼를 물었기 때문입니다."

"호오, 금과 은을 보내 준다든가?"

"예, 수레 5대 분량이라고 합니다."

"좋군."

간만에 아론의 눈이 반짝였다.

4황자가 랭파인에게 서신을 보냈을 때부터 계획된 일이었다.

현시점에서 재화는 쓰레기다.

무역이 끊기고 식량이 바닥으로 떨어져 아사자가 속출하는 가운데, 돈이 아무리 많아도 빵 하나 사 먹을 수 없었기 때문이다.

경제가 파탄 난 것은 모든 국가가 마찬가지였다.

초인플레이션을 넘어 재화는 가치를 잃었으므로 제국이 가진 금과 은을 신성 왕국으로 끌어올 수 없는 방법은 없는지 고심했었다.

[4황자가 진심으로 랭파인 백작을 믿는 것은 아닐 겁니다. 그에게 의심병이 있다면 더더욱 말이 안 됩니다. 그러

니 이 관계를 이용해 교역 비슷한 행위를 하는 것이 어떨까 싶습니다.]

[교역?]

[아국이 폭리를 취하는 교역이죠.]

에리아 경이 의견을 제시했다.

실패해도 리스크가 없고, 성공하면 이익이 큰 계획이었다.

그러니 실행하지 않을 이유가 전혀 없었다.

랭파인 백작은 4황자에게 아론을 잘 감시하겠다는 서신을 보내면서도 넌지시 교역에 대해 물었다.

신성 왕국은 재화로 식량을 바꾸어 갈 수 있다고.

이는 4황자 입장에서도 손해가 아니었다.

랭파인에게 재화를 날린다 하여 별문제도 아니었다.

마침내 이 계획은 결실을 맺어 제국 중부에서 수레 5대 분량의 재화를 보냈다고 한다.

"경의 공로다. 만약 이번에 교역이 성공하게 되면 주변의 많은 영주들이 식량을 얻기 위해 사람을 보낼 것 아닌가?"

"적극적으로 홍보하면 그렇겠습니다."

상인이 없어 홍보가 힘든 시대이긴 했다.

그래도 방법이 없는 것은 아니었다.

각지에 전서구를 날려 이 사실을 알리면 된다.

운송은?

목마른 자가 우물을 파게 하면 된다.

"모든 왕국, 모든 영지에서 식량이 부족하지. 교역에 대한 소문이 나기 시작하면, 다들 알아서 사지를 뚫고 이동해 올 터. 운송 실패로 발생한 재화들은 언젠가 그 땅이 아국의 권역으로 편입된 후 회수하면 된다."

"좋은 계책입니다."

제국이 괜히 제국으로 불렸던 것이 아니다.

그들은 한때, 세상의 중심이었고 대륙의 부를 긁어모았다.

부자는 망해도 3대를 먹고 산다는데, 대제국이 멸망한 지금은 엄청난 양의 금은보화가 방치되고 있을 것이다.

세상이 망해 가는 지금은 그걸 사용할 수 있는 수단이 없었으니까.

제국의 부를 옮겨 올 수 있다면.

"이를 발판으로 강력한 군대를 육성할 수 있게 된다. 아국에 식량이 존재한다는 사실이 알려지면 침공이 우려되기도 하지만, 유민이 폭발적으로 유입돼 인구가 팽창할 터."

작은 낚시에서 비롯된 계획은 매우 장대해졌다.

일명 '착취 무역'의 시작이었다.

『디펜스 게임의 군주가 되었다』 6권에서 계속